それは幼いころからのふたりだけの合図――
ねぇ充電して
うん
おいで
悲しい時
泣きたい時
私を元気にしてくれるんだ

この関係はずっと変わらないと思ってたけど…
どう思ってるの？流瑠君のこと
流瑠はただの幼なじみだよ
私流瑠君が好きなの
お願い協力して！
流瑠はただの幼なじみのはずなのに
なんでこんなに苦しいの？
ギュ…

守って
あげなよ
側にいて
あげて
えっ
タッ
桜！
グイッ
…お前
今
言ったの
本気？
……

私は思って
しまったんだ
ひとりの
女の子として
見てほしいって
それが
こんなに
苦しいなんて…

野いちご文庫

幼なじみじゃイヤなんだ。

わたあめ。

スターツ出版株式会社

幼なじみじゃイヤなんだ。

CONTENTS

第三章

降り積もる想い

第四章

重ね合う想い

CHARACTERS

上《かみ》坂《さか》
KAMISAKA

桜と一緒に学級委員になる。過去に幼なじみに失恋した経験をもつ。

大《おお》石《いし》 流《なが》瑠《る》
NAGARU OISHI

桜と同じ高校の1年生。スポーツ万能で頭もいいイケメン。優しい性格だが桜にはちょっとだけイジワル。サッカー部。

相《あい》澤《ざわ》 桜《さくら》
SAKURA AIZAWA

15歳になったばかりの高校1年生。流瑠とは幼なじみで、家族ぐるみの付き合い。少し子どもっぽい容姿と背が低いのが悩み。

仲《なか》谷《たに》雅《まさ》貴《き》
MASAKI NAKATANI
▼
桜と流瑠の小学校からの友達。サッカー部で、お調子者のムードメーカー。

北条《ほうじょう》早《さ》苗《なえ》
SANAE HOJO
▼
桜の小学校からの親友。少し気が強いが、いつも桜のことを考えてくれる。

ユキミ
YUKIMI
▼
サッカー部のマネージャー。流瑠に急接近して噂が流れるが…。

私と君は幼なじみ。
赤ちゃんの時から家は隣で、家族ぐるみで仲がよくて。
兄妹のようにいつも一緒にいた。
大切で、大好きで。
だから、一緒にいるのは当たり前で。
これからだって、変わらずにずっと一緒だって思っていたんだ。

第一章　生まれる想い

幼なじみと私

カーテンから漏れる優しい光。

私は、相澤桜《あいざわさくら》。十五歳。

今日から高校生になる。

「ヤバい、寝坊した！　うわっ、寝癖が！」

こんな日に限って、寝坊するとかありえない。バタバタと階段を駆け下りた私は洗面所に駆け込んだ。

急いで顔を洗って歯磨きをする。そして、芸術的な寝癖にスプレーを吹きかけたけれど、全然直ってくれないから、諦《あきら》めてゴムでひとつにまとめた。

「うーん、中学の時と代わり映えしないけど……ま、いっか」

高校生になったから本当は髪を下ろしたかったけれど、これ以上時間をロスすることはできない。

なんとか形になったところでチャイムが鳴り、お母さんの「はーい」っていう声とドアを開ける音、そして、よく知った声が聞こえてきた。

「おはようございます」

来た！

うれしくなった私は、洗面所から飛び出し、玄関にいる人の元に駆け寄った。

「おはよう流瑠《ながる》！　今日から高校生だね！」

目の前にいるのは、大石《おおいし》流瑠。十五歳。

今日から同じ高校に入学する幼なじみ。

「ちょっ、桜、お前っ！　なんて格好してんだよ」

なぜか流瑠はあたふたして、私から不自然に目を逸《そ》らした。

あっ、そっか。

私は今、制服のスカートは履いているけれど、上はキャミ一枚だった。

「んふふ。さては流瑠、私の色気に悩殺されちゃったね？」

「……」

ちょっとした冗談なのに乗ってこないで、そっぽ向いたままだから、私はムッとして頬《ほお》を膨らませる。

「っていうか、今さらそんな反応しなくても……。小さいころは一緒にお風呂《ふろ》にも入った仲じゃやない」

顔を覗《のぞ》き込もうとすると、流瑠の大きな手で顔を掴《つか》まれて視界を遮《さえぎ》られた。

「痛い痛い痛い！」

そんなに痛くはないけれど、そうオーバーに叫べば、流瑠がパッと手を離した。

「それはガキのころの話だろ。バカなこと言ってねぇで、さっさと着替えてこいよ」

「はいはーい」

今、流瑠がどんな顔をしているのか見たかったのに……見られなかったや。

ノリの悪い幼なじみに背を向け、私は二階の自分の部屋へと続く階段を駆け上がる。

冗談でも、「悩殺された」くらい言ってくれてもいいのに。

まぁ、今さら私が、少々肌を露出させたからといって、流瑠がどうこう思うわけがないけれどね。

小さいころから一緒の幼なじみなんてそんなもの。

カテゴリー的には、〝友達〟よりも、〝家族〟に近い。

「流瑠くん、制服よく似合ってる！　カッコいいわねー。モデルさんみたいよ」

「おばさん、お世辞はいいよ」

「お世辞じゃないわよ！　流瑠くんはテレビに出てくる男の子なんかよりもカッコいいんだから」

階段を上りきってから振り返ると、流瑠はお母さんに褒めちぎられて困った顔をしている。

そういうところ、流瑠らしい。

道を歩けば、女子たちが振り返るくらいキレイな顔をしているのに、それを意識している様子もない。私が、「流瑠ってモテるよね？」って聞いても、ものすごくイヤな顔をするだけ。

告白だっていっぱいされているのに全部断っちゃっているし、これまで彼女がいたこともない。

結構、キレイな子にも告白されていたのになぁ。って、まさか女子に興味がないとか？

「えっ！　流瑠ってそっち系？」

階段の上で呟《つぶや》いた私を見つけた流瑠が、眉根《まゆね》を寄せる。

「まだ着替えてねぇのかよ。置いてくからな！」

「あ！　ごめん、ちょっと笑える妄想してた。急いで着替えてきます！」

「なんだそれ」

流瑠はもちろんBLではない健全な男子。

とにかくモテる。それは容姿だけのせいじゃない。スポーツもできるし、勉強だってできるから。

「オールマイティってやつだよ。やな感じー」

「さっきから、なにブツブツ言ってんだよ」

春の暖かな道を駅に向かって走る。ふたり揃《そろ》って登校するのは幼稚園の時からの私たちの日常。当たり前の日常だった。

きっと、これからもずっと……。


「意外と早くついたな」

「……ハァ……ハァ……う、うん……」

なんとか予定の時間までに駅についた。

でも、ちょっとフラフラ。

朝ごはんを食べる時間がなかったから、パワー不足で息が上がってしまった。

「桜、ちょっとここで待ってて」

「うん？」

言われるまま待っていると、流瑠は自販機でミルクティーのペットボトルを買ってきてくれた。

「朝ごはん食べてないんだろ？　飲めば。それからこれも食べとけ」

そう言って、スクールバッグの中から取り出したのは、一口サイズの〝ペロルチョコ〟三つ。

目の前に私の好きな物が並ぶ。

流瑠だからこそ知っている私の大好きなもの。

「流瑠、ありがとう！」

笑った私を見て、流瑠は少し照れたように笑い返してくれる。

私はペロルチョコの包み紙を開けて、口の中に放り込んだ。おいしくて頬が緩む。

こんなふうに流瑠は、オールマイティな上に、優しくもある。

だから流瑠は私の自慢で、最高の幼なじみで、そして、大切な大切な人。

「ただでさえ小さくてガキっぽいのに、食べなきゃ大きくなれねぇもんな」

せっかく心の中で褒めまくっていたのに、私が一番気にしていることをズケズケ言うイジワルなところはどうかと思うけれど。

「またそうやって子ども扱いするし。見てなさい！　私の成長期はこれからだから。高校で色っぽいいい女になる予定なんだから。流瑠が腰を抜かすほどにね」

「マジか、そりゃ、楽しみ楽しみ」

「うわっその顔、めっちゃバカにしてる！」

グーパンチで流瑠の腕を小突くと、「痛い痛い」と言いながら笑っている。

流瑠の笑顔につられて私も笑う。

流瑠とのこんなバカみたいなやり取りも嫌いじゃない。

「おはよ。朝からうるさいわよ、あんたたち」

「はよー。流瑠、相澤」

そんな声に振り返れば、そこにいたのは、私たちと小学生のころから友達の北条《ほうじょう》早苗《さなえ》とマサくんこと仲谷雅貴《なかたにまさき》。

「あ、おはよう！」

「ハモったなお前ら」

「どれだけ仲いいんだか……」

そう言われて、私と流瑠は顔を見合わせて笑った。

「つーか、お前ら、じゃれ合ってねぇで早く来いよ、初日から遅刻すんぞ！」

いつの間にか改札を通り抜けていた早苗とマサくんが手招きで呼んでいる。

「あっ！　電車の時間！」

またハモってしまった私たちは、再び顔を見合わせてプッと噴き出した。

「桜、行くぞ」

「うん！」

流瑠が私の頭をポンとしてから改札に向かって走り出す。

私も見慣れたそのうしろ姿を追いかけ走っていく。

触れられた頭には、まだ流瑠の手の感覚が残っている。

この春の空気と同じくらいあったかいその感覚に、私の頬は緩み始めて、胸の中もなんだかあったかく染まっていく。

この感覚がどこから来るものなのか、私はまだ知らない。

女の子

私と流瑠と早苗は一年二組になった。

残念なことにマサくんだけ一組で隣のクラス。

二組のドアを開けると、もう結構な人数のクラスメイトが登校していて、同じ中学出身なのか、すでにいくつかのグループができていた。

私は教室内の雰囲気に圧倒されながらも、教室に足を踏み入れた。

黒板には席順の表が貼《は》ってある。

「お、桜。前後だな。窓際、ラッキー！」

「わたしは……よし！　一番うしろ！」

私が窓際一番前で、流瑠は私のうしろ。私と流瑠は自分の席に座り、早苗は、自分の席が溜《た》まり場になっているからと、私の席にスクールバッグを置いて話し出した。

「あんたたち。授業中は静かにね」

早苗が私と流瑠と指さして言う。

「当たり前だよ、騒がないって」

「よく言うよ。中学の時は授業中に大きな声で言い合いとか始めて、よく先生に『じゃれ合うな！』って、怒られてたくせに」

呆《あき》れたような声でそう言う早苗に反論する。

「あれはじゃれ合いじゃないって。流瑠が私にイジワルしてくるの」

「桜が勝手に騒ぎ出すんだよ。俺は巻き込まれてるだけ」

「はぁ？　先に絡んでくるのは流瑠でしょうが」

「あんたたち、また始まってるわよ。〝じゃれ合い〟」

そんな会話をしていると、教室のうしろのほうにいるグループから声がかかった。

「大石！　こっち。こっち」

流瑠を手招きしているのは、中三の時に流瑠と同じクラスだった鈴木《すずき》くん。

「おー」

流瑠が席を立って鈴木くんのところへ行ったから、空いた流瑠の席に早苗が座る。

「桜。遅くなったけど、これプレゼント」

「うわっ！　ありがとう。開けていい？」

春休み中の三月三十一日は、私の十五歳の誕生日だった。

「リップにした。このピンク、桜に似合いそうだから」

早苗からのプレゼントは、最近女子高生に人気があるらしいブランドのリップ。

早苗も含め、中学生の時からおしゃれに目覚めている女子はいっぱいいたけれど、私はメイクとかはしたことがなかった。

「メイク、じつはちょっとしてみたかった」

でも最近、気になっていたから、このプレゼントはすごくうれしい。

「なになに？　心境の変化？　恋しちゃったとか？」

早苗が身を乗り出してくる。

「恋⁉」

思ってもみない単語に、私は目を大きくする。

「何よ、その反応。もう高校生だもん、恋くらいするでしょ、桜も」

「いや、私が誰かと恋するとか、想像できないよ。きっとまだ早いんだよ」

「早くないし。なに言ってんの。ぼんやりしてるといつか後悔するよ」

「後悔？」

早苗が目線で合図してくる。

「ほら、大石ってばもう新しい友達作ってる」

視線をそちらに向けると、流瑠は数人のクラスメイトの輪の中にもう溶け込んでいて、楽しそうに笑っていた。

もともとの明るい性格から、流瑠は中学の時から友達が多かった。

「見て！　大石が女子と喋《しゃべ》ってる」

早苗に小声で言われて、ピクリと反応してしまった。

流瑠の横にいるのは、緩やかにウエーブしたロングヘアの女の子。

私と違って、寝癖なんてないキレイな髪。

「うわっ、めっちゃかわいい子」

「う、うん。だね」

ここからじゃ、何を話しているのかは聞こえないけれど、彼女は流瑠に楽しそうに話しかけていて、流瑠も笑っていて……。

「……」

ん？　なんだろう……。

少し胸がざわつくようなこの感じ。

気がつけば私は、流瑠と彼女から目を逸らしていた。

大好きな温《ぬく》もり

《新入生の皆さん。入学式が始まりますので、クラスごとに並び体育館へと移動して下さい》

入学式の会場はクラス毎に二脚のイスが隣同士で並べられ、人数分連なっている。

〝相澤〟と〝大石〟で、出席番号一番と二番の私たちは、隣同士で一番前の席。

「で、あるからして……」

校長先生の話が始まった。

体育館の二階の窓からは春の暖かな日差しが降り注ぎ、小鳥のさえずりが微かに届く。一階の開け放たれた左右のドアからは、風に乗って春の香りが注ぎ込まれた。

昨日の夜は、「明日から高校生だ」と興奮しすぎて、なかなか寝つけなかったからか少し眠くなってきた……。

いやいや、しっかりしろ私！

一番前の席で、コクリコクリと頭を揺らしていたら目立って仕方ない。

隣の流瑠をチラッと見ると、話をしている壇上の校長先生を見ていた。

……にしても、あったかいし、気持ちいい……。

――トンッ！

「えっ⁉」

私の隣に座る流瑠の左肩がビクッと反応する。その振動は私の頭にも伝わったけれど、そんな振動も物ともせず、私はその居心地のいい肩にトンッと頭を収めてしまっていた。

「ちょ……桜、起きろ！」

流瑠の声が春の風に乗って心地よく耳に届く。

私の一番大好きな安心できる温もりを感じながら、私は夢の世界へ旅立っていた。

入学式のあと、私は当然、職員室に呼び出され、担任からお小言をくらった。式中にまさかの爆睡。最前列に座っている私の居眠りは、先生曰《いわ》く、校長先生はもちろんのこと、大半の生徒が見ていたらしい。

高校初日から、イタい女認定されたよね、きっと。

しかも、隣の人に寄りかかって爆睡するやつなんて。

自分の残念さに頭を抱えてしまう。

「教室に入りづらいな……」

ため息交じりのひとり言。四階にある教室へ続く階段を、重い足取りで上り始める。

「わかりやすくへこんでるな」

二階に続く踊り場の壁にもたれて、その声の主は立っていた。

大きな窓から差し込む光に照らされた姿は、また少し背が高くなったなと思わせた。

「流瑠……」

「おー」

壁から背を離しこちらへ一歩近づいてくる。私も流瑠の元へ階段を一歩ずつ上っていく。

待っていてくれたの？

「初日からやらかしちゃった……イタい女認定されて、もう友達できないかも……」

ただでさえ、うちの中学からこの高校に来ている子は少ないのに。

「気にすんなって。今日バレてなくても、桜がイタいやつなのは近いうちにみんなにバレてたと思うからさ」

「……」

「なんてな、ウソだよ。バーカ、気にすんな。こんなのみんなすぐに忘れるって」

見上げると、流瑠は優しい顔をしていた。

「流瑠、ごめんね、流瑠にも恥ずかしい思いさせちゃって」

「べつに気にしてねぇけど。つーか、よかったんじゃね？」

「え？」

「隣が俺で。だろ？」

流瑠が泣いている子どもをなだめるように柔らかく笑う。

いつもは、流瑠に子ども扱いされるのが気に食わない私だけれど、こういう時のそれは悪くないって思う。

それって結局、私はいつも流瑠に甘えているってことだよね。

私は流瑠の笑顔に弱い。

その安心できる笑顔が大好きなの。

へこんでいた気持ちが少しずつ晴れていくのを感じる。

「うん、それは、そうかも。隣が流瑠でよかった」

そう口にすると、流瑠はニッと大きな口で笑った。

「なぁ桜、屋上行ってみよっか？」

キョトンとしている私を見て、階段の上を指さした流瑠が言う。

「ショートホームルームまで、あと十五分。走れ！　桜!!」

「うわっ……！」

いきなりポンッと流瑠に背中を押されて、言われるがままに階段を駆け上がると、うしろから流瑠が追いかけるようについてきた。

「躓《つまづ》いて落ちてきたら受け止めてやるから、全力で走れ桜」

「う、うん！」

屋上の入り口まで駆け上がり、窓もない鉄のドアの前に立つと、うしろから流瑠の腕が伸びてきて、その重そうなドアを軽々と開いた。

同時に大量の風が私を包み、視界いっぱいにまっ青《さお》な空が広がる。

「うわぁ……」

景色に見とれている私の背後から、優しい声が聞こえてきた。

「桜、ほら」

振り向くと、流瑠が胸の前で両手の手のひらをこっちに向けた姿勢で待っている。

それは、子どものころからのふたりの合図。

悲しい時、辛い時、へこんだ時、泣きたい時、元気になりたい時、お互いがそばにいるよという確認。元気になるための〝充電〟。

「充電？」

「うん、おいで」

流瑠が優しく笑うから、私までつい頬が緩む。

私はその差し出された大きな両手に、自分の両手をそっと重ねた。

手のひらいっぱいに流瑠の熱を感じてから、今度は指を絡めてその手をギュッと握る。すると、流瑠もギュッと握り返してくれるんだ。

これが私たちの〝充電〟。

手にいっぱい流瑠の熱を感じて、私の中にもその熱が注がれていく。

心がキレイに晴れていくのを感じるんだ。

やっぱり流瑠の〝充電〟は私を元気にしてくれる。

にしても、流瑠に充電をしてもらうのって久しぶりかも。

中学生になってからは、あまりしなくなっていたから。

「充電完了?」

充電の姿勢のまま見上げると背の高い流瑠と目が合って、流瑠の目は所在なさ気にさまよっていた。

「流瑠、顔赤い」

赤くなっている顔をジッと見上げていると、流瑠は焦ったように充電していた手を離して腕で顔を覆った。

「あ、あれだよ。ひ、久しぶりにすると、こういうの、ガキっぽすぎて……照れたっつーか……」

「えぇーっ、私は久しぶりに充電できてうれしかったけど」

頬を膨らませると、今度は目を大きくして慌てている。

「いや、まぁ、なんていうか……。桜が必要なら、これからだっていつでもするし、〝充電〟」

その優しさがいっぱいの提案に、私の心は充電されたパワーがあふれ出しそうなくらい満タンになっていた。

あぁ、流瑠と過ごすこういう瞬間が私は大好き。

「流瑠ありがとう」

「……べつに」

「ねぇ、流瑠、大好きだよ」

流瑠の顔を覗き込んでニッと笑って言った。

瞬間、流瑠の顔がさっきよりも赤くなる。

「おや？　照れた？　照れてるよね？」

「照れてねぇよ！」

「大好き、大好き、大好き！」

「桜はいつもそれを言いすぎ」

「流瑠も思いきって言えばいいじゃん」

私のその言葉に流瑠は眉をピクリと反応させた。

「俺はさ、そんなに簡単には言わねぇよ……」

私は、流瑠のことが大好き。

だけど、今の私の『大好き』は、どんな意味と一緒なのかな?

花が大好き。犬が大好き。友達が大好き。家族が大好き。好きな人が大好き。恋人が大好き。愛しているに続く大好き。

流瑠と一緒にいる時の、この不意に出てくる〝大好き〟の意味はまだよくわからないけれど、きっといつか、答えは見つかるような気がしている。

上坂《かみさか》くんとユキミちゃん

「というわけで、今から男女一名ずつ、クラス委員を選ぶ」

担任の声に、クラス中のあちこちから面倒くさそうなため息が漏れる。

入学して一週間がたった今日のホームルームの課題は、クラス委員の選出。

クラス委員はものすごく忙しいらしいと有名だから、みんなあんまりやりたくないみたい。

私も、もちろんやりたくないけれど、こういうのは賢い子か目立つ子が推薦されて決まるものだから、自分には関係ないとのんびり構えていた。

「みんな始まったばっかりで、誰が適任かなんてわからないだろうから、立候補でもいいぞ！」

担任の声に、みんなが〝ないない〟と言わんばかりに首を横に振る。

これはなかなか決まりそうにないかも。みんながだんまりを決め込んだ時だった。

「僕がやります」

その声に反応して、みんなが一斉にうしろを振り向いたので、私も一瞬だけうしろを向いた。

よく見えなかったけれど、教室の一番うしろの席に座っているひとりの男子が手を挙げていた。

クラス中がザワザワして、男子たちからは、安堵の声が漏れ始める。

「やった！」

「なんかあいつ、変わったやつだと思ってたよ」

せっかく立候補してくれた人に対して、ひどいこと言うよね……。でもすごいなぁ、立候補するなんて。私には絶対できないや。

「よし、上坂。前期よろしく頼むな」

「はい」

先生の言葉に、彼が小さな声で返事した。

上坂くんかぁ、まだ顔も知らないなぁ。どんな人なんだろう。やっぱり真面目そうな人なのかな？

じっくりと顔を見てみたいという衝動にかられた私は、もう一度、うしろを振り向いてみる。

一番前の席でさらに小さい私にとって、一番うしろの席はものすごく遠く感じる。

「さあ！　次は女子。時間ないからさっさと決めるぞ！　誰か立候補しろー」

うーん？　やっぱり人影に隠れてよく見えないや。

一生懸命、頭の角度を変えて覗き見ていた私を、真うしろの席に座る流瑠が小声で呼んだ。

「おい、桜、見られてるぞ！」

「え？」

流瑠の視線の先は……先生⁉

いつの間にか、先生にジッと見られていた。

怖くて先生の顔が見られないまま、そっと頭を前に戻す。

何事もなくスルーしてもらえますように！

ところが、そんな私の願いも空《むな》しく先生の冷たい言葉が飛んできた。

「相澤。一番前の席でキョロキョロとはいい度胸だ。お前は、入学式のことといい、本当に度胸があるな」

「す、すみません。」

「その度胸で、クラス委員に立候補しろ！　お前ならやれる」

「なっ⁉」

「はい！　女子の委員も決まり！　ホームルーム終了！」

先生の声とともにチャイムが鳴り響いて、クラス中から安堵の声が漏れる。

え、ちょっと待って！　私にクラス委員なんて無理だよ。

流瑠や早苗、マサくんと違って、人を引っ張っていく力なんてないし。

今までの人生、誰かに乗っかって、引っ張ってもらっていたからなんとか成り立ってきたのに。

泣きそうになってうしろの席を向くと、流瑠が大笑いしていた。

「桜がまさかのクラス委員」

「ひどい流瑠！　他人事だと思って！」

やってきた早苗も呆れ顔で。

「桜、あんたは本当に鈍くさいね」

「早苗……どうしよう」

「どうしようもないわよ。やるしかないんじゃない？」

「私には無理。でも、早苗ならできると思う。代わってください」

「イヤよ」

深々と頭を下げたけれど、一瞬で断られた。

「じゃあ、流瑠が代わってください！」

「いや無理。俺、男だし」

流瑠がいつまでも笑っているから、ギロリとニラんだ時だった。

「……あのさ」

私たちの会話を遮るように、割り込んできたその声。

三人で一斉に声のするほうに視線を向けると、そこにはさっき覗き見をした時にチラッと見えた男子のクラス委員が立っていた。

「上坂くん？」

「そうだけど」

あまり口を動かさずにボソッと答える彼は、黒縁のメガネをかけ、まっ黒の髪。印象は真面目というより暗く見えた。

前髪がとにかく長くメガネにまでかかっていて、切れ長の目を隠している。

流瑠よりは低いみたいだけれど、背は高いほうだと思う。

だから、見下ろされる圧迫感がハンパない。

「相澤さん、君、ちゃんとやれるの？　大丈夫なの？」

「え……」

一瞬、何も言えなくなった。

「前期のクラス委員は大変だよ。いろんな行事があるみたいだし。僕は真剣にやろうって思ってるけど、相澤さんはそうじゃないんだよね？」

真剣に頑張《がんば》ろうとしている上坂くんからしたら、私みたいに『私には無理、代わってください』って騒いでいる人間が許せなかったんだろうな。

あきらかに私を毛嫌いしていそうな上坂くんを目の前にしているけれど、私は今、あんまり傷ついていなかった。

それよりも、上坂くんの真剣さに比べて、逃げることしか考えていなかった自分を情けなく思い始めていた。

「無理って思うなら、早めに断ってくれないかな。僕に迷惑をかけないでほしいんだけど」

それに、上坂くんが醸し出す空気が気になっていた。

だって、なんだか、さびしい空気を纏《まと》っているように感じたから。

「ちょっと。言い方きつくない？」

早苗が上坂くんにくってかかった。

「思ったことを口にしただけだよ」

早苗を一瞥《いちべつ》してそう口にした上坂くんに、早苗はわかりやすくキレた。

「桜、イヤならもう学級委員なんてやらなくていいわ！　こんなやつと一緒にやるなんて、絶対大変だから！」

「え、いや……早苗待って」

言葉を濁す私を、早苗が不審がっている。そりゃそうだよね。さっきまで、やりたくないって騒いでいたんだから。

えっと……上坂くんは私に断ってほしいのかな？　それなら断るべきなのかな？

チラチラと上坂くんのほうを見るけれど、前髪が上坂くんの表情を隠していて、何を考えているのかわからない。

「桜は何を迷ってんの？　無理することないって、大石もそう思うわよね？」

早苗に話を振られた流瑠は、上坂くんを見たあと、私に視線を移してきた。

「桜がどうしたいかじゃねぇの？　部外者の俺や北条が結論を出すことでもないし、もちろん上坂がどう思ってるかも関係ない。桜がやりたいか、やりたくないかだと俺は思うよ」

私がやりたいか、やりたくないか？

流瑠の一言で気持ちが固まっていく。

私は、流瑠にコクリと頷《うなず》いてから、上坂くんに視線を移した。

「上坂くん、私、学級委員やることに決めた。もちろんやるからには責任持ってやる。これからよろしくね！」

早苗は私の言葉にびっくりした顔をしていて、流瑠は納得しているような、少し驚いているような複雑な表情をしていた。

「そう。わかったよ」

上坂くんの表情はやっぱり最後までわからないままだったけれど、納得はしてくれたのか、自分の席に戻っていった。

あんなに不本意だった学級委員だけれど、今はやる気になっていた。

少し怖そうだったけど、上坂くんは決して悪そうな人ではないって思ったからかもしれない。


「やっぱり。大石くんが一番だよね」

「うん。ダントツでイケメン」

「坂田《さかた》くんもいいけど、やっぱり一番は大石くん！　背も高いし、笑顔もカッコいいし最高だよ！」

学級委員をやると決めたあと、私はひとりでトイレに来ていた。

個室から出ようとした時に、洗面台のほうから流瑠の名前が聞こえてきたから、出るに出られなくなってしまったっていうのが今の状況。

おやおや、流瑠さん。中学に引き続き、アイドルばりの人気ですね。

心の中で呟きながら、個室の中で聞き耳を立てていた。

「彼女っているのかな？」

「いないって聞いたよ」

「でも、あの子は？　入学式のあと、付き合ってるって噂《うわさ》になってなかった？」

「あー相澤さん？」

　わ、私⁉

　思わず声を上げそうになって、慌てて口を押さえる。

「なんか〝ただの幼なじみ〟みたいだよ」

「そうそう、同じ中学の子たちが言ってた。仲はいいけど、彼氏、彼女じゃなくて、兄妹みたいなふたりだって」

「じゃあ、問題ないじゃん。ユキミちゃん早く告りなよ」

　ユキミちゃん？

　誰だろ？　彼女は流瑠のことが好きなの？

「相澤さんって、まだ〝中学校に入りたてです〟みたいな雰囲気じゃない？　ユキミちゃんは大人っぽいしキレイだし、大石くんがどっちを選ぶかなんて一目瞭然《いちもくりょうぜん》だよ」

「うん、ユキミちゃんと大石くんならお似合いだよ」

「えーそっかな。ありがと。勇気出てきた」

　〝中学校入りたて〟みたい？　そんなにガキっぽく見えるのかな、私。

　へこむ……これはへこむなぁ。

　へこんでいるうちに、彼女たちの声は、いつの間にか聞こえなくなっていた。

個室から出て洗面台で手を洗う。

顔を上げると鏡に映る自分が見えた。

あ、今日も少し髪が跳ねている。言われてみれば……いや、言われるまでもなく、子どもっぽく見える。

〝ユキミちゃん〟って子はそんなに大人っぽくてキレイなんだ？

彼女と流瑠ならお似合い？

――チクリ。

胸の奥のほうに、小さいけれどはっきりとした痛みを感じる。

トイレから出て廊下を歩き始めた時、遠目に流瑠がいることに気がついた。

あれ？　あの子……。

流瑠の前には入学式の日の朝に流瑠と話していた女子がいたから、思わず私は、廊下の角に隠れてしまった。

――チクリ。

またさっきの痛みに襲われる。

なんだろこれ？　今までこんな痛み感じたことない。

思わず胸元のブラウスを握りしめた。

ショートホームルームの終わりを告げるチャイムが校内に鳴り響く。

なんだか、落ちつかない気持ちを抱えたまま、放課後を迎えていた。

流瑠が女の子と話すのがイヤ？　流瑠に女の子が近づくのがイヤ？

……私、結構図々しいな。

そこまで独占しちゃいけない。だって、私は流瑠の〝ただの幼なじみ〟なんだから。

そう言い聞かせているのに、なんとも言えないモヤモヤした気持ちが胸の奥に張りついたままで気持ちが悪かった。

だから、今日はちょっと疲れた。

流瑠に「早く帰ろう！」と言いたくて振り返ったら、流瑠と思いっきり目が合ってしまった。

「な、何？」

今、私、そんなに穴が開くほど見ていた？

流瑠の顔が赤くなる。流瑠はちょっとしたことでもすぐに赤くなるところがある。

イケメンで、そんなかわいいところもあって、そりゃモテるよね。

「流瑠、無敵だね」

「は？　だからなんなんだよ」

「かわいいなって言ってるの」

「はぁ？」

またさらに赤くなる。

想像したとおりの反応がうれしくて、口角を上げる。

私の反応に、流瑠は眉根を寄せて対抗してくるけど、真っ赤だから全然怖くないし。

いつも流瑠は、私をいじめるし、からかう。でも、よくよく考えてみれば、私も流瑠をいじめてからかうのは結構好き。

ムキになったりしてかわいいからね。

って、あれ、もしかして？

流瑠も私のこと、〝かわいい〟とか思うことあるのかな？

だから、からかってくるとか？

いやいや、そんなことあるわけないない。

心の中で目いっぱい否定しながらも、なぜだか頬が熱くなっていくのを感じていた。

今日は授業がお昼までだったので、帰りにいつもの四人で、ハンバーガーショップに寄ることにした。

今日感じたモヤモヤは、きっとおなかがいっぱいになったら消える程度のものに違いないから、パーッと食べちゃえ！

ハンバーガーふたつに山盛りポテト、ナゲットにチョコパイ、オレンジジュースと、私のトレーだけ大盛り。

「桜ちょっと食べすぎじゃない？」

黙々と食べ続ける私を見て、早苗が呆れた顔をしている。

「いいの。今日は食べることに決めたの」

「おなか壊すんじゃね？」

そう言った流瑠をキッとニラんだ。

「うるさいなぁ！　流瑠は黙ってて！」

「なにキレてんだよ」

君のことでモヤモヤしているんです！　とはさすがに言えず、ナゲットを口に放り込む。

「流瑠、そういやあの子かわいかったじゃん。スタイル抜群だし」

流瑠を小突き出したマサくんの言葉に、ポテトをつまもうとしていた指がピクリと反応してしまった。

「お前、今、そういうこと言うなよ」

流瑠はマサくんをニラむけれど、マサくんはニヤリと笑ったまま。

「えっ、誰、誰のこと？」

早苗が身を乗り出すと、待っていましたと言わんばかりにマサくんが話し出した。

「流瑠を廊下に呼び出してた女子がいたんだわ。な！　相澤」

「えっ！」

不意打ちでマサくんに話を振られて、飲んでいたオレンジジュースを噴き出しそうになった。

流瑠を廊下に呼び出していた女子がいたって、あの時のことだよね？

でも、なんでマサくんは私に話を振ってくるの？って、もしかして⁉

おそるおそるマサくんを見ると、〝俺は知ってます〟って顔でニコニコしている。

も、もしかして私が廊下の角に隠れていたのを見ていた？

そういえば、隠れていた場所って、マサくんのクラス、一組の教室横の角だ。

「え、桜も見てたの？」

目の前に座っている流瑠が私の様子をうかがってくる。

「う、ううん、わ、私は知らないよ」

とっさに笑顔でウソをつくと、流瑠が少しホッとした顔をしたように見えた。

「あ、それならわたしは見たよ。〝ユキミ〟って子でしょ？」

「そうそう、〝ユキミ〟」

早苗とマサくんが指をさし合って盛り上がっている。

〝ユキミ〟？

今日、トイレで聞いた名前だ。

頭の中で、いろいろとつながってきた。

あの子が〝ユキミちゃん〟なんだ？

「誘われてんだぜこいつ。今日一緒に何か食べて帰らない？って」

「ちょ、お前、いい加減にしろよ」

そっか、そうだったんだ？　あの時、誘われていたんだ。

「でも、断ったんだよな？」

「あぁ」

話が終わってホッとした様子の流瑠に、今度は早苗が質問した。

「なんで断ったの？　かなりかわいいじゃん。ユキミって子」

流瑠がどう答えるのかに、全神経が集中した。

「いや、〝ユキミ〟はそういう対象じゃないから」

「ふーん、そっかー」

早苗が「そういう対象じゃないんだって！」って、私の耳元でささやく。

でも、私はそこより気になるところがあった。

『ユキミ』

流瑠はもう彼女のことを名前で……しかも呼び捨てで呼ぶんだ？

そんなに親しくなっていたんだ？

昔からの友達の早苗ですら、『北条』って名字で呼ぶのに。

今まで、流瑠が女子の名前を呼ぶのって私だけだったんだけどな。

おなかは、はち切れそうなほどいっぱいになったのに、気持ちの悪いモヤモヤは全然消えてくれなかった。


日差しがまだ眩《まぶ》しい、午後二時。

私たちはハンバーガーショップをあとにする。

分かれ道で、早苗とマサくんにバイバイして、流瑠とふたりで並んで歩く。

「なんか、落ち込んでる？　今日はやたらと静かだな」

流瑠に話しかけられてドキッとする。

そういえば、さっきから黙ったままだった。

いつもは私がうるさいくらいに喋りかけるのに。

「う、ううん、落ち込んでなんかないよ」

慌てて否定したけれど、流瑠は疑うような目で私を見てくる。

いや、やめて。こっちを見ないでほしい。訳のわからないモヤモヤを抱えていることは、流瑠には言えないよ。

引くよね、きっと。

「……もしかして、あれか？　クラス委員のことか？」

あぁ、そっか……。流瑠は私がクラス委員になったことを引きずっていると思っていたんだ。

私の胸のうちを気づかれたんじゃない、とわかってホッとした。

「ううん、クラス委員のことはもういいの。私、意外にやる気になってるから」

安心してくれると思ってそう言ったのに、流瑠はなんだか怪訝《けげん》そうな表情を見せた。

「不思議なんだけど、あんなにイヤがってたのに、なんで急にやる気になったんだ？桜って、上坂みたいにキツイやつは苦手だよな？」

「ううん、上坂くんを苦手とは思わなかったよ。真っ直ぐで一生懸命そうな人だなって思った。だから、上坂くんとならやれそうだなって感じたの」

私の言葉を聞いた流瑠は、少し時間を置いたあとに「へぇ」と一言だけ言った。

それからは流瑠が話さなくなって、横顔を見上げると少し不機嫌そうにも見えた。

急に変わった様子に戸惑っていると、私たちの家の前についた。

「じゃあね、流瑠」

流瑠の変化には戸惑っていたけれど、どう声をかけていいのかわからないまま門に手をかける。

「じゃあ。今日は必要ないな？　充電」

充電？

慌てて振り向いたけれど、流瑠はもう門を開いて中に入ろうとしていた。

『ユキミ』って呼んだ流瑠の声がよみがえってきて、向けられた背中に、どうしようもなく焦りに似た感情が私を襲ってくる。

「待って、流瑠、充電したい！」

慌てて追いかけ、ブレザーの裾《すそ》を引っ張って引き止めた私を振り返った流瑠は、驚いた顔をしていた。

そりゃそうだよね、クラス委員のことは大丈夫だって言っておきながら、なんの理由もなく充電したいなんて。

「や、違うの。何かあったわけじゃないの。やっぱいい」

あははっと笑ってごまかしながら、掴んでいたブレザーの裾を離した。

挙動不審な自分がいたたまれなくなって引き返そうとした時、今度は流瑠に腕を掴まれ引き止められた。

「べつに充電に理由とかいらないし。桜がしたい時にすればいい」

「えっ」

流瑠は私の腕を引いたまま家のカギを開け、中に入っていく。
流瑠の家には誰もいなくて、ドアが閉まると静けさが漂っていた。
そのままふたりで階段を上り、流瑠の部屋に入っていく。
部屋に入ると、流瑠が振り向いて向かい合わせになった。
流瑠の胸の前で、パッと開かれた手のひら。
その大きな手にそっと手を重ねてその熱を感じてから、指を絡めてギュッと握る。
すると流瑠も握り返してくれる。
「流瑠の手、あったかいね」
その心地よさに、目を閉じた。
温かいものが私の体にじんわりと染み込んでくる。
「桜の手は、小さいな」
目を開いて見上げた流瑠は優しい顔をしていた。
よかった。機嫌が悪そうに見えたのは、勘違いだったかな?
さっきまで曇っていた気持ちがウソみたいに、今、晴れていく。
単純だな、私。
でも、この充電は、流瑠が私にだけくれるものだから。
これで元気になれないはずがない。

私のとびっきりのビタミン剤みたいなものだから。

「充電なんて、いつから始めたんだろうね？」

「忘れたのかよ。小学校の二年生からだろ？　桜が、逆上がりができなかったから」

「うん。そうだった」

「一緒に公園で特訓してたら、桜が急に泣き出して、見たら手のひらのまめがいっぱい潰れてたんだよ」

そう、できなくて、くやしくて、痛くて、わんわん泣いたんだった。

あのころは体の痛みも、心の痛みも、もっと素直に表現していたのに、いつの間にかどちらの痛みに対しても我慢することを覚えてしまったよね。

「流瑠が絆創膏《ばんそうこう》いっぱい貼ってくれたんだよね」

「思い出した？」

「うん、わんわん泣いたままの私に『絶対できるようになるからな』って言い続けてくれたよね」

「それでも桜は泣きやまないから、とっさに『充電したらできるようになる』って言った」

「おまじないみたいなもんだったんだ？」

「桜、単純だからすぐに泣きやむし」

流瑠が笑った。

そのおまじない効果はてきめんで、次の日、私は本当に逆上がりができた。それから私たちの〝充電〟が始まったんだ。

あのころみたいに素直に心の中のことを流瑠に伝えられたら、流瑠も素直に心の中のことを話してくれるのかな？

気がつけば、私は流瑠の手を力強く握りしめて、モヤモヤしている心の疑問をぶつけていた。

「……あのさ」

「うん？」

「下の名前を、呼んでてびっくりしたよ……仲いいんだね」

「え？」

「ユキミって子と」

「ユキミ？」

また呼んだ。胸がチクリと痛んで、うつむいてしまう。

「えっ？　俺、誰でも呼び捨てで呼んでるだろ？　『北条』も呼び捨てだろ？」

「『北条』は名字だもん」

「……桜？　もしかして、勘違いしてねぇ？」

「勘違い？」

「『ユキミ』って名字だよ。たしか雪見恵《ゆきみけい》って名前だった」

「え……ウソ」

「ホント」

顔をパッと上げた。

そっか、そっか、そっか。

顔がほころんでいくのを感じて慌てて戻そうとするけれど、すぐに緩んでしまう。

そんな私の顔を、流瑠が覗き込んでくる。

「桜さぁ、もしかして、ヤキモチやいてた？」

「ええっ、ちが、違うよ！　わ、私は、ただ、ただ……」

頬が熱くなっていくのを感じたから、慌てて流瑠から視線を外し、充電の手も離そうとしたんだけれど、流瑠に強く掴まれたままで離すことができなかった。

「……俺はさ、妬《や》けたかも」

「え？」

今、妬けたって言った？

「……流瑠は何に妬けたの？」

「さぁ、なんにだろうな？」

次の瞬間、手が離されたかと思ったら軽くデコピンされた。

「痛いんですけど」

「知ってる。わざと痛くした」

「えぇっ！」

なんか、完全にごまかされた気がする。

「ウソだよ、冗談」

「ん？　何がウソで冗談なの？」

私の質問に曖昧《あいまい》な笑みを返してきた流瑠は、それ以上何を聞いても答えてくれることはなかった。


次の日、放課後に初めてのクラス委員会があった。

委員会の間、上坂くんは、やっぱり無愛想で近寄りがたいオーラを放っていて、仲よくなりたくて何度か話しかけようとしてみたけれど、無理だった。

でも委員会が終わり、昇降口に向かう途中で、彼からボソッと話しかけられた。

「大石くんとは幼なじみなんだってね？」

「えっ？　うん。そうだけど？」

私は突然話し出した上坂くんに、びっくりしながら答える。

「付き合ってるの？」

「ええっ？　いやいや違うよ」

「……そう」

上坂くんの口から『付き合って』ってワードが出てきたことに驚いた。

「昨日、大石くんに言われたんだ」

言われた？　流瑠に？

「相澤さんのこと『あいつは不器用だけど、一生懸命さでは誰にも負けないし、引き受けたことはやり通す責任感のあるやつだよ』って」

「……え？」

「『上坂が思うより、きちんとやるよあいつは』ってね」

「流瑠がそう言ったの？」

「うん」

「そっか」

そんなこと言ってくれたんだ？

流瑠にはいつも、からかわれてばかりで褒めてもらったことなんて思い出せない。

でも、私のこと……そんなふうに思ってくれていたんだ？

どうしよう、うれしいかも。

口元がどんどん緩んでいくのを感じる。

ガラス張りの昇降口は、夕日が差し込み、眩しいくらいオレンジ色に染まっていた。

「上坂くん、教えてくれてありがとう」

緩んだ頬のままの私を、上坂くんはジッと見つめていた。

第二章 気づいていく想い

さわらないで

入学してから一ヶ月がすぎて五月になった。

クラス委員の仕事は、放課後の集まりや、クラスごとにやらないといけないことも多く本当に忙しい。それに加えて、部活も始まった。

私は吹奏楽部。

流瑠はサッカー部。

それは中学の時からで、たいがい一緒にいる私たちが別々にのめり込んできたもの。

私は今、とんでもない忙しさを体験している。


「……眠い」

朝、駅に向かいながら思わずボソッと呟く。

今週、放課後は毎日、部活と委員会のダブルで忙しくて、金曜日の今日、疲れはピークに達していた。

部活も委員会があるから遅刻してしまうために、ひとり居残り練習をしなければならなかった。

宿題なんか出た日には大変。

帰ってからフラフラになりながらプリントとにらめっこ。

ひとりじゃ寝てしまう！と流瑠の部屋に乗り込んでも、とんでもない睡魔に襲われて、流瑠の部屋のテーブルに突っ伏して寝てしまった日がほとんど。

私が寝ている間に流瑠は宿題を終わらせていて、その答えを丸写しさせてもらう、そんな一週間だった。

「桜、おはよう！」

「早苗……はよー」

早苗は羨《うらや》ましいほど、元気。

「大丈夫？　疲れがにじみ出てるけど？」

「やっぱり？」

「ねぇ、一週間後テストだけど、桜、そっちのほうは大丈夫？」

「聞かないでぇ……」

流瑠に宿題を任せている私が、テストに自信満々なわけがない。

「部活も忙しいんだ？」

早苗が私の持ち物を指さして言う。

「うん、六月末の文化祭で演奏会があるからね」

私が持っているのはフルートのケース。

私は中学の時からフルート担当。だから楽器には慣れてはいるけれど、高校の楽曲は中学校の時のものよりずいぶん高度。

「委員会に部活か、頑張んなよ」

「ありがとう」

「そういや、上坂ともずいぶん打ち解けたじゃん」

「うん。少しずつ話してくれるようになってきたよ」

「でも、まだなんか謎《なぞ》めいてるよね」

まぁ、早苗の言うとおりなんだけれどね。

「あのふたりも部活に没頭してるね」

流瑠とマサくんはサッカー部。

今日は朝練の日だから、私たちはふたりとは別登校。

「早苗。マサくんと一緒に登校できなくてさびしいねー」

「はぁ？　さびしくないし！」

ニヤニヤしている私を見て眉を寄せた早苗は、コホンと咳《せき》払いをひとつしてから、真剣な顔をする。

「ってか、そんなことより！　雪見さんって、サッカー部のマネージャーになったらしいよ」

「えっ？　そ、そうなの？」

驚いて、声が裏返ってしまった。

「大石、完全に狙われてるよ、桜」

「うん。みたいだね……」

早苗が言うように雪見さんは本気みたいで、人目を気にすることもなく、ことあるごとに流瑠に話しかけている。

流瑠に話しかける時の彼女は、頬を赤らめて、楽しそうで、そしてすごくかわいくて。完全に恋をしている顔。

「桜さぁ、ちょっと落ちてる？」

早苗がうかがうように顔を覗き込んでくるから、いつの間にかうつむいてしまっていた顔を慌てて上げた。

「ううん、全然、なんで？　落ち込んでなんかないよ」

「大石が誰かと付き合っちゃったらどうしようとか思わないの？」

「お、思わないよ！　それに、そんなの流瑠の自由でしょ？」

「いや、まぁそうだけど……」

「早苗こそ！　マサくんも、モテるよ？」

そう。マサくんもモテる。

早苗は私に、マサくんのことをどう思っているかなんて言わない。聞いても、いつもはぐらかされてきた。

でも、私たちは小学生からの付き合いだもん、早苗がマサくんのことを好きなことくらいわかるよ。

「うん、マサがモテるのはわかってるよ。だから、正直焦ってる」

「え……」

早苗の〝焦ってる〟って言葉に小さく胸が跳ねた。

「今のままじゃダメなんだよ。変えていかなきゃダメなんだよ。そうしないと、今みたいに一緒にいる毎日も、いつか当たり前じゃなくなるんだから」

早苗の目はとてもまっすぐで、キレイで。でも少し切なげで、不安げで。

そんな早苗の目を見ていると、なぜか、流瑠の顔が浮かんで、胸の中が落ちつかなくなっていく。

心の中の焦りにも似た感情を消したくて、私は小さく深呼吸をした。

にぎやかな朝の教室。職員室に用事がある早苗と別れて、ひとりで教室に上がってきた。

流瑠もまだ朝練から戻ってきていない。

教室に入り自分の席に座ると、開け放たれた窓から暖かい風が流れ込んできて、私の髪を揺らす。

気持ちいいなぁ。

頬杖《ほおづえ》をついた姿勢でぼんやりとしていると、不意にさっき早苗が言っていた言葉がよみがえってきた。

〝今のままじゃダメなんだよ。変えていかなきゃダメなんだよ〟

今のままじゃダメ？

変えていかなきゃダメ？

早苗はどうしてそんなふうに思うんだろう。

私は、流瑠と、今のままがいい。

いつもそばにいて、ふとした瞬間に笑い合って、たまに言い合いしても、数分後にはやっぱり笑っていて、誰よりも流瑠が近くにいる。

私はこのままがいいよ……。

「おはよう、相澤さん」

声をかけられてハッと我に返ると、席の前に上坂くんが立っていた。

「あぁ、上坂くん。おはよう」

「すごくぼんやりしてたけど、疲れてるの？」

「ううん、大丈夫だよ。ありがとう」

心配してくれているんだ？

上坂くんはクラス委員として一緒に活動するうちに、少しずつ……今ではずいぶんと心を許してくれるようになった。

初めて話した時は冷たい言葉を放っていたのにね。

なんだかうれしくて口元を緩めると、上坂くんは一瞬驚いた顔をしたあと、私から目を逸らした。

「あ、あのさ、悪いんだけど、今日、僕、先に部活に行かなきゃならなくて。三十分くらい作業遅れるけど、いいかな？」

上坂くんは天文部。

名前だけ置いている部員の多い部だけれど、さすが、上坂くんは真面目に活動しているみたい。

「うん、気にしないで、それより上坂くんも疲れてるんじゃないの？　今日もお互い頑張って乗り切ろうね！」

「うん」

あっ、笑った！

初めてかも、上坂くんが笑っているところを見るのは。

「上坂くんってさぁ、笑うとずいぶん雰囲気違うね」

「え？」

「笑っているほうがいいね。うんうん。絶対そっちのほうがいいよ」

前髪で表情は見えにくいけれど、前髪の隙間《すきま》から見える目が穏やかに弧を描く表情は柔らかくて、優しそうに見えた。

テンションが上がって上坂くんに近づくと、上坂くんがびっくりしたようにうつむいた。

あれ、赤い。上坂くんの顔が、耳まで赤い。

尋常じゃなくまっ赤になっている上坂くんを見て固まってしまう。

私、今、余計なこと言った？

「おはよう」

焦っておろおろしているところへ、流瑠が朝練から戻ってきた。

「……え？」

そして、耳まで赤くなった上坂くんに気づいて、驚いたような声を漏らした。

その流瑠の反応に、ビクリと肩を揺らした上坂くんは、

「……じゃ、じゃあ相澤さん、放課後よろしく」

早口でそう言い残して、自分の席に戻っていった。

呆然《ぼうぜん》と立ち尽くす私を、流瑠が冷ややかな目で見下ろしてくる。

「桜、お前、上坂になに言ったんだよ？」

「ええっと……『笑っているほうがいいね』って言っただけなんだけど、あれってどういう反応なんだと思う？」

流瑠の眉がピクッと反応する。

「だから鈍感なやつって面倒。この天然たらしが」

ひとり言のように呟かれた言葉は悪口で、今度は私の眉がピクピクと反応する。

「私、鈍感じゃないし、天然でも、たらしでもないし」

流瑠が私の反論を聞いて、鼻で笑っている。

その態度にムカついて、私はどんどんムキになる。

「そんなつもりで言ったんじゃないし！　ってか、思ったこと言っただけだし、上坂くんだってそんなふうには取ってないはず」

「もう小学生のガキじゃねぇんだから、自分の発言には責任持てつってんだよ」

「またそうやって人を子ども扱いする！」

「実際そうだろ、バーカ」

「バカ⁉」

追加された散々な悪口ワードに、怒りのメーターはマックスまで振り切った。

この間のトイレの一件もあるから、特に〝ガキ〟ってワードが許せない。

「うるさいわね、たらしは流瑠のほうでしょ」

「はぁ？　俺を巻き込むな」

「その顔で女子を落としまくってるくせに！　バーカ！」

怒りで、正常な思考回路が破壊された私のただの悪口が教室に響く。

ここが教室だということも忘れて言い合いをしていると、気づかないうちに教室中の視線を浴びていた私たち。

流瑠は不機嫌なまま、私は怒り心頭なままで、ショートホームルームが始まった。


流瑠と仲直りをできないまま、四時間目も終わりが近づいていた。

正直、言いすぎたかもと後悔している。でも、流瑠も悪い。

そもそも、なぜあんなに流瑠の機嫌が悪くなったのかわからない。

じつは今日、流瑠にお弁当を作ってきていた。いつも宿題を写させてもらっているから、そのお礼。

大石家は両親が共働きだから、流瑠が朝練の日のお弁当はなしって決まっている。

働いている流瑠のお母さんの朝は戦争だから。

お昼休みになったらすぐに流瑠を引き止めないと、マサくんと食堂に食べに行ってしまう。

でもまだ怒っていて、「いらない！」って言われたらどうしよう。

悩んでいるうちに、四時間目終了のチャイムが鳴ってしまった。

授業が終わり、先生が教室をあとにする。

どうしよう。

私はうしろを振り向くこともできず、イスに座って固まったままでいた。

「さーくらっ！　お弁当食べよう」

早苗がお弁当を持ってやってきた。

「あ、うん」

「あれ？　大石、今日は食堂？」

「うん、そう」

早苗が流瑠と話しているこのタイミングで振り向けばいいのに、振り向けない、ピクリとも動けない。

「桜、はいこれ」

頭の上から流瑠の声が聞こえて、机の上に何かがポンッと置かれた。

それは、私の大好きなパン屋さんで売っている砂糖のたっぷりかかったラスク。

「それ、やる」

「え？　買ってきてくれたの？」

このパン屋さんに行くには、いつもの最短通学路じゃなく、家から駅までだいぶ遠回りして行かなきゃならない。今朝は朝練もあったから、これを買うためにはものすごく早く家を出なきゃいけなかったはず。

流瑠が少し、バツが悪そうに言った。

「それ食べたら元気出るだろ？」

その言葉にハッとして、流瑠を見上げる。

ここ数日疲れ果てていた私を元気づけるために、早く家を出て買ってきてくれたってこと？

「ちゃんと北条にもやれよ」

私にイジワルな笑顔を向けてから、流瑠が背中を向けた。

思わず、流瑠の腕を掴んで引き止めていた。

「ちょっと待って！　流瑠、これ……」

勢いよくお弁当を渡すと、流瑠が驚いた顔をしている。

「いつもありがとう、宿題のお礼です。私が作りました」

気まずいから、早口で言い切った。

「桜が作ったお弁当？」

うんうん、と頷く私。

すると、私たちのやり取りを一部始終見ていた早苗が席から立ち上がって、私と流瑠の肩をポンッと叩《たた》いた。

「桜、大石、お弁当ふたりで食べてらっしゃい。で、さっさと仲直りしなさいよね。ホント、あんたたちのケンカ、っていうか〝じゃれ合い〟は目立つんだから」

朝のケンカを思い出して、流瑠とふたりで青ざめる。

「私はマサと食堂で食べてくる」

そう言い残して、お弁当を持って教室を飛び出していった早苗。

早苗に気を遣わせちゃったからには、早く仲直りしなきゃって思うけれど、やっぱまだ気まずい。

「屋上で食べよっか」

でも、流瑠の声は柔らかだったから、思わず顔を上げた。

そこには流瑠の笑顔があったから、気まずさなんて一瞬でどこかに飛んでいってしまう。

「うん！」

重いドアを開くと、一面、青の世界が広がる。

ここに来たのは入学式後の、充電をしてもらった時以来だった。

「流瑠の好きなハンバーグ入ってるよ」

すっかり機嫌がよくなった私は、早く食べてほしくてワクワクしていた。そんな私を見て流瑠は目を細める。

「うん。いただきます！」

――トクン。

あまりにも目の前でうれしそうに笑うから、思わず反応してしまった私の胸。

その動揺を隠すために、私も小声で「いただきます」と言ってから食べ始めることにした。

……なんだろ、今もまだ胸の中が騒がしい。

「で？　どれが桜の作品？」

「……ぐっ」

お弁当を指さしながら、ニッとイジワルに笑う流瑠。

突然の質問に、おにぎりが喉《のど》に詰まった。

「バレてた？　お母さんに手伝ってもらったの」

「ううん。カマかけただけ」

「ええっ⁉　ひどい！」

「おいしいな。このハンバーグ。これが一番おいしい」

「本当？　それはね、私が作ったんだよ」

自慢げに、人さし指を立てて言うと、流瑠がおなかを抱えて笑った。

「単純……」

「た、単純⁉」

「だってさ。食べる前に言ってたろ。『ハンバーグ入ってる』って。食べてほしそうに言うから、桜が作ったのバレバレだった。わかりやすいやつ」

まだ笑ってるから、私は頬を膨らませた。

「もう、お弁当食べなくていい」

「ウソウソ。でも、ハンバーグが一番おいしいのは本当だから」

そう言ってうれしそうにお弁当の続きを食べる。

そんな流瑠を見ているとなんだか私までうれしくなる。

「お弁当食べ終わったらラスク食べよっと！　朝から遠回りまでして買ってきてくれてありがとうね。すっごくうれしかった」

そう言って笑うと、流瑠もうれしそうに笑った。

「ねぇ、流瑠」

「ん？」

「大好き！」

今日も流瑠の顔が赤くなる。

私が『大好き』と口にすればいつもこうなるから、だから、伝えたくなるんだ。

「……おまえなぁ」

「えへへっ」

その表情を覗き込んでみる。

「わっ⁉　そんな顔して見てくんな！」

「えっ？　そんな顔ってどんな顔？」

「えぇっと……マヌケな顔？」

「マヌケ⁉」

いつの間にかケンカしていたことも忘れて、いつもどおりのふたりに戻っている。

私たちは、いつもこんな感じ。


放課後になった。

クラスメイトは、家に、部活にと向かい、あっという間に教室は私だけになる。

上坂くんは、朝に言っていたとおりに、『ごめんね。すぐ戻るから』と言って部活に行った。

吹奏楽部は、今は自主練の時間だから、どこで練習してもいいことになっている。

私はここで上坂くんを待ちながら練習することに決めた。

楽譜とフルートを取り出す。

誰もいない教室。さっきまでの喧騒《けんそう》がウソだったかのように、静かになったこの空間を、音で包み込む瞬間が、私は大好き。

足を肩幅に開き、背筋を伸ばして顔を起こしたら、おなかから息を押し上げて、コントロールしながらフルートに吹き込む。

〝繊細で澄んだ美しい音色〟

頭の中に描いた音のイメージを、この教室いっぱいに響かせるように。

心が温かい時は、イメージどおりの音を出せる。

中一の時、このフルートに初めて出会った。流瑠には勉強も運動神経も勝てない私だったけれど、私の演奏する音を聞いた流瑠は、『すごいな桜、キレイな音だな』と目を丸くしたあと、思いっきり笑顔になった。

あの時の顔は、今でもはっきりと覚えている。そして、今でもフルートを吹くと流瑠は笑顔になって、私の音色を褒めてくれるんだ。

流瑠のことを想いながら演奏すると、キレイな音色を出せる気がする。

温かい気持ちで一曲を終えた。

次の曲へと移ろうとした時、なんとなく目線を感じてそちらを向くと、そこに上坂くんがいたからびっくりした。

「わっ！　上坂くん、いつからいたの？　ごめんね。気づかなくて」

「いや、ううん、こっちこそごめん。でも、あまりにもさ……」

「え？」

上坂くんは教室の入り口に突っ立ったまま、こっちを見ている。

上坂くんにジッと見つめられて、落ちつかない。

「ご、ごめん。あまりにもキレイだったから」

上坂くんがうつむいたから、その表情が見えなくなった。

「『キレイ』って？　フルートの音？」

「えっ？」

顔を上げた上坂くんの顔は少し赤くなっていた。

「ありがとう。ちょうど思い出してたところ。流瑠も初めて私のフルート聞いた時、上坂くんと同じようなこと言ってくれたなぁって」

「……」

「褒められると、元気が出るね。さぁ。作業しちゃおうか」

「あ、うん」

私はフルートをケースの中に片づけて、今日、終わらせてしまわないといけないクラス委員の仕事に取りかかった。

私の席と流瑠の席を向かい合わせにして、上坂くんと作業を始める。

さっきから上坂くんはあまり喋らない。

最近は少し話をしてくれるようになっていたのにな。

やっぱり朝のことが原因？

「あのさ。上坂くん？　今朝はごめんね。そんなつもりはなかったんだけど、私、デリカシーのないことを言っちゃったかもしれないね」

驚いたように顔を上げた上坂くんは、首を横に振ってから話し出した。

「いや、ううん、うれしかったよ」

「えっ！　よかったぁ！　そっかそっか、安心した」

ホッとして口元を緩めた私を見て、上坂くんが笑う。

その笑顔は、朝も感じたように、やっぱり優しそうな目だったから、思わず上坂くんの顔を覗き込んだ。

「前髪がその表情を隠してたんだね。出していけばいいのに。もったいないなぁ」

上坂くんは少し恥ずかしそうに視線を泳がせる。

「いや。僕は性格が暗いってよく言われるから、出したら逆に気味悪がられるよ」

「えー？　上坂くんは暗くないよね？」

「ううん、いつもそう言われる。相澤さんも最初はそう思ったんじゃない？」

「ごめん。まぁ、そうだった」

素直に認めると、上坂くんは笑った。

「大石くんは僕とは真逆だね」

「え、どういう意味？」

「大石くんは明るくて、男女ともに人気者でしょ。すごいなって思う。僕なんて何も敵《かな》わないよ」

「そんなことないよ」

上坂くんの言葉に、私は思いっきり首を横に振っていた。

そんな私の様子に、上坂くんが作業の手を止めて、びっくりした顔をした。

「うん、まぁ、流瑠は本当にすごいんだけどね。顔いいし、勉強もスポーツもできるし、私も敵わないものだらけ。でもね、フルートは私にしか吹けないんだ」

「え？」

そう、だから私にとってフルートは胸を張って自慢できるもの。

「上坂くんも、星とか、宇宙の知識じゃ流瑠に負けないんじゃない？　流瑠は、天体なんてロマンチックなものに興味ないよ」

だって上坂くんは真面目な天文学部の部員だもん。そうつけ加えると、上坂くんは「本当だね」と言って楽しそうに笑ってくれた。

「ありがとう、相澤さん。僕を励ましてくれてるんだね」

「ううん、そんなんじゃないよ。っていうか、励ましてもらったのは私かも」

「え？」

上坂くんが不思議そうに首をかしげる。

「ほら、私にとって、フルートは流瑠に唯一勝てるものだから、さっき、上坂くんが音色を『キレイ』って褒めてくれたこと、すごくうれしかったよ、ありがとうね」

感謝の気持ちを伝えただけなのに、なぜか上坂くんは私から目線を外し、少し困ったような表情をした。

「本当にキレイな音色だった。だけど、さっき僕が言ったのは〝音色〟のことじゃないんだ」

「え？」

上坂くんと目が合った。

「僕は、フルートを吹く相澤さんをキレイだなって思ったんだ」

上坂くんは、もう私から目を逸らさなかった。

『キレイ』

生まれて初めて男の子に言われたその言葉。

私を見つめたままのその視線。

今度は私の頬が、みるみる熱を帯び始めた。

上坂くんとのクラス委員の作業のあと、私はフルートの音合わせが行われている教室に来ていた。

さっきは、びっくりしたなぁ。だって、あの上坂くんがあんなことをさらりと言うんだもん。

流瑠にだって言われたことないよって……流瑠が言うわけないか。

そんなこと思ったこともなさそうだもんね。

もし……もし流瑠が〝桜、キレイだよ〟とか〝桜、かわいいね〟って言ったら……。

想像してみたら、信じられないくらい恥ずかしくなって顔が熱くなってきた。

でも、言ってもらえたら、うれしいよねきっと。

「相澤さん！　集中して！」

「す、すみません！」

しまった、余計なこと考えていた。

すぐに気合いを入れ直したけれど、どうしても音が乱れてしまった。

「相澤さん、聞きたいことあるんだけど」

部活が終わり片づけ始めた時、同じ部の吉岡《よしおか》さんに声をかけられた。

「うん、何？」

「あのね、大石くんと雪見さんが付き合ってるって本当？」

吉岡さんの質問に衝撃を受けて、一瞬言葉を失ってしまった。

「……え？」

付き合ってる？　流瑠と雪見さんが？

「相澤さん？」

吉岡さんに名前を呼ばれて、ハッと我に返る。

「あっ、ごめん。私、わかんないや」

「相澤さんでもわかんないことあるんだね」

「う、うん。ごめんね」

流瑠と、雪見さんが？

そんなの、聞いたことないけど、本当なのかな？

どんどん心が落ちつかなくなっていく。

ぎゅーっと心臓をわし掴みにされたような、強烈な痛みが私を襲う。

前に感じた胸の痛みより、遥《はる》かに深いところの強い痛み。

スクールバッグの中のスマホから着信音が流れ始める。

スマホの画面を見ると、メール受信のメッセージが表示されていた。

流瑠だ。

画面を操作しようと思ったら、慌てすぎたのかスマホを落としそうになった。

【今、終わった。一緒に帰ろう】

そのメッセージに、胸の痛みが和らいでいくのを感じる。

気がつけば、私はスマホをスクールバッグの中に放り込み、練習していた教室を飛び出してグラウンドに向かって走っていた。

一分でも一秒でも早く、流瑠の顔が見たくて。

〝流瑠と雪見さんが付き合っている〟

その一言を聞かされて、こんなにも心が落ちつかなくなるのは、こんなにも心が焦ってしまうのは、どうしてなの？

顔を見れば、笑いかけてくれれば、きっと心はいつもどおりに戻れるから。

私は流瑠と、これからも今までどおりの時間を過ごしたい。

変わっていくのは、心を乱されるのはイヤだから。

——ドクン。

校舎から飛び出した私の目線の先に、流瑠の背中が見えた。

そして流瑠の前には、女の私ですら見とれてしまうかわいい笑顔の雪見さんが立っている。

『大石くんと雪見さんが付き合ってるって本当?』

流瑠の顔はここからは見えない。いったいどんな顔をして雪見さんと話しているんだろう?

ふたりを見ていたくなくて目を逸らそうとした時、雪見さんが流瑠の手を両手でギュッと握り、ほほえんだ。

「じゃあ。お願いね。流瑠くん」

『流瑠くん』? 前は、『大石くん』って呼んでいたのに。

流瑠との会話を終えた雪見さんが、私に気づき笑顔で駆け寄ってくる。

「相澤さん。バイバイ」

そう言って小さく手を振った彼女の笑顔は、夕陽《ゆうひ》を受けてとてもキレイだった。

「う、うん。バイバイ」

私は、きちんと笑えていたかかな?

「桜、早かったたな。今来たの?」

「う、うん。ちょうど今来たところ」

ほんの少しウソをついた。

「ごめん。ちょっとここで待ってて。先輩たちに伝えないといけないことあるから、部室に戻ってくる」

「うん、わかった」

笑顔でそう言い残し、走っていく流瑠の手を見つめる。

〝流瑠にさわらないで〟

心がそう呟いていた。

自分の心の中がジワジワと曇っていく。これは、雪見さんに対する敵意。

生まれて初めて持つこの感情に戸惑いながらも、膨らんでいく感情を抑えられないでいた。

上坂くんはあんなことを言ってくれたけれど、こんな感情を持つ私はキレイじゃないって思う。

ヤダな。

でも、この感情をどうやって消せばいいのかわからないよ。

「よ！　相澤。流瑠を待ってるの？」

振り向くとマサくんがいた。

「うん。先輩に話があるって、今部室に戻ってる」

「なんかあったの？　流瑠とケンカした？」

「ううん。違うよ」

小さいころからの友達だから、私がいつもと違うってことも気づかれてしまうんだ。

「なぁ相澤、最近、流瑠が雪見と付き合ってるっていう噂が流れてるらしいんだわ」

マサくんの言葉に、何も言えずビクッと肩を揺らした。

「もう知ってた？」

「……うん」

「わかってるよな？　それ、ただの噂だよ」

「そ、そっか」

付き合っていなかったんだ？

強張《こわば》っていた肩の力が抜けていくのを感じる。

「なんだよ、二人の噂を聞いてモヤモヤしてたけど、流瑠には聞けてなかったってやつかよ？」

「え、いや、さっき聞いたばかりだったから……」

「ちなみに、根も葉もない噂ってやつだからな。流瑠は雪見のことマネージャーとしてしか見てねぇから」

今、ものすごくホッとしている自分がいる。でも、マサくんが教えてくれたことにどう反応していいかわからなくて、ただコクコクとだけ頷いた。

そんな私を見て、マサくんが笑っている。

こうやってマサくんに教えてもらえたからよかったものの、もし、マサくんが教えてくれなかったら私、流瑠に聞けたかな？

ううん、聞けなかったんじゃないかって気がする。

なんでかな？　今までの私だったらなんだってへちゃらで聞けたのに。

「相澤、気になることがあったら全部、流瑠に聞けよ。あいつは相澤が聞かなきゃ言わないけど、聞いたら全部本当のことを答えるよ」

「そうかな」

「そうだろ、あいつは、相澤にだけはいつだって本気だもん」

マサくんはそう言い残し、手を振って帰っていった。


マサくんが帰ったあと、すぐに流瑠が戻ってきた。

流瑠とふたりで電車から降りて改札を出た時には、あたりはもう暗くなっていた。

あと十分で家につく。

ふと、右側にいる流瑠の左手と私の右手が触れた。

〝流瑠にさわらないで〟

私の中に、またあの感情がよみがえってきて、気がつけば、私は流瑠の左手の指先を握りしめていた。

「……え？」

流瑠のその驚いた声で我に返り、パッと手を離したけれど。

「ご、ごめん。急に充電がしたくなって……」

わ、私、今何をしたの⁉

とっさにごまかしたけれど、無意識に近かった自分の行動に、動揺が隠せない。

私たちはふたりだけの空間では、指を絡めて充電なんてするけれど、手をつないで歩くなんてしたことがない。

だってそれは、〝彼氏彼女〟がすることだってわかっているから。

流瑠の視線を感じる。でも、どうしてもその顔を見上げることができなかった。

「……いいよ」

私の横顔から視線を外した流瑠は、そう言ってから、私の右手に指を絡めてギュッと握ってくれた。

どうしよう、胸がギュッとなる。

心音が早く、強くなる。

この右手から、速くなっている脈拍に気づかれるんじゃないかって思うくらいに。

今、暗くてよかった。

だって顔が熱いから。

上坂くんに言われた言葉に反応した時よりも、もっと、もっと、もっと、体中が熱くなるほどに。

私と流瑠は、何も喋らず、顔も見合わせず、ただ、ただ、手をつないだまま、ゆっくりと歩く。

その帰り道、今朝、早苗が言った言葉が何度も何度も頭を巡った。

『今のままじゃダメなんだよ。変えていかなきゃダメなんだよ。そうしないと、今みたいに一緒にいる毎日も、いつか当たり前じゃなくなるんだから』

ベッドとデートと恋心

「ねぇ、流瑠。大好き！」

そうほほえむ唇に、この唇を重ねてしまいたくなる。

その吸い込まれそうな瞳《ひとみ》から、俺は目を逸らす。

桜が言う〝その言葉〟に、俺の心臓が簡単に反応してしまうんだ。

情けねぇな、わかっているのに。

〝その言葉〟を、桜は子どものころから簡単に口にする。

桜にとっては「ありがとう」と大差のない「大好き」。

わかっているよ。わかっているからこそ、それを聞くのは結構きつい。


「流瑠ー起きて、朝ですよー」

日曜日の朝、まだベッドの中で寝ていた俺の部屋に桜が来ていた。

週末は、たまにこうやって朝からやってくる。

ガキのころからそうだから、親も桜が来れば、俺の許可も取らずに勝手に招き入れてしまう。

でも、今日はえらく早起きじゃね？

「今、何時？」

「七時三十分」

なんでそんなに早くに来てんだ桜は？

「……九時まで寝る」

「ダメ。九時までには行って並んでおかなきゃ売り切れるかもしれないんだよ」

「売り切れ？」

「東川《ひがしかわ》にね、新しいカフェができたんだって、そこのプリンパフェがすっごくおいしいんだって！」

桜の目がキラキラ輝いている。

なるほどな。東川はうちから徒歩と電車で一時間ほどかかる場所だから、今から起きて準備しろってことだな。

桜によるとそのプリンパフェとやらは一日の販売数が決まっていて、とくに土日は十時のオープンから飛ぶように売れ、十一時すぎには売り切れる場合が多いとか。

「だからね、今日は東川にデートしに行こう！」

桜が軽く口にするデートって言葉に、反応してしまう自分が情けない。

「デートって言うな」

「なんでよ?」

「デートは恋人同士でするもんだろ?」

桜はいつだってそう照れもせず、気にもせず、『大好き』だの『デート』だの、恋人同士が使うそんな言葉を平気で口にする。俺の気も知らないで……。

「だって、お母さんは『今日は流瑠くんとデート?』って言うよ。流瑠のママさんだって、昔から私たちが遊びに行くこと『デート』って呼んでるよね。だから言い方なんて今さらどうでもいいし、なんでもいいじゃん」

『どうでもいい』と『なんでもいい』に、ため息が漏れそうになる。

桜と俺の気持ちの温度差はいったい何度くらいなんだろう?

桜は俺の気持ちに一ミリも気づいていない。

「売り切れるっていうのはわかったけど、何も一時間前から並ばなくて大丈夫だろ?

わりぃ、あと三十分は寝かせて」

「えぇー」

「桜はそこでゲームでもしてて」

そう伝えて、目を閉じた。

俺の部屋の物のありかは、教えなくても知っている。

桜は観念したのか大人しくなった。

そして、俺の意識がまた少しずつ遠のき始めた時だった。

夢と現実をふわふわしている体に、はっきりとした違和感を覚える。

ベッドがギシッと揺れて、瞼《まぶた》の裏に影が差す。

「うわっ！」

「きゃぁ！」

目を開けると、視界いっぱいに桜の顔だったから慌てて飛び起きた。

「さ、桜、何してんだよ！」

「あははっ、いきなり起きないでよ。びっくりしてひっくり返っちゃったじゃん」

上半身だけ起こした状態の俺と、俺の隣で寝転がったままケタケタ笑っている桜。

「桜、男が寝ているベッドに不用意に上がるんじゃねぇよ」

「充電したら起きるかなって思っただけだよ。襲ったりしないって」

寝ている俺の手を握って充電しようって思ったってことかよ。

全身の力が抜けて、思いっきり脱力する。

こいつは、俺に危機感を持たなさすぎ。俺が男だってことすら忘れているんじゃねぇかな？

……俺ばっか意識してんじゃねぇか、ムカつく。

「お前は、アホだろ」

「アホ⁉」

ムカついた気持ちを暴言にして吐き出してから、「アホ」と言われ怒りに震えている桜の顔を真上から覗き込む。

そんな膨れている顔もかわいいくて仕方がない。

触れてしまいたくなる。

あーあ、重症だな。

気持ちはもういっぱいいっぱいで、ちょっとしたきっかけで胸の奥に隠してきた気持ちを言ってしまいそうになる、ぶちまけてしまいそうになる。

俺が今、この気持ちをぶつけたら、このまま抱きしめて「好きだ」って言ったら、桜はどんな反応をするんだろうか？

たぶん驚かせて、困らせて、泣かせてしまう。

そんな気がする。

だって桜は俺のこと、幼なじみ以上には思っていないから。

ちゃんとわかっているよ。だから俺は自分の気持ちを隠すんだ。

「ちょっと流瑠、うるさいわよ！　って、あんたたち……何やってんの？」

面倒くさい状況の中、さらに面倒くさいやつが部屋に入ってきた。

「おはよう藍《あい》ちゃん」

桜がベッドの上でにこやかに挨拶《あいさつ》している相手は、俺の十歳年上の姉貴・藍。

「うん、おはよう……って、あ、お邪魔しちゃったかな？　ごめんね流瑠。えっと、どうぞどうぞ気にせず続きをどうぞ……」

「違う！　勘違いするなよ！」

「うんうん、わかってる」

ニヤニヤしながら、姉貴は部屋から出ていった。

いや、絶対わかっていない。家族中にあることないこと、言いふらされる。

下手すりゃ桜の家族にも何か言いかねない。

幼なじみって、誰よりも近いけど、近すぎるからこそ、好きになってしまったらどう進めばいいのかわからなくなる。

「やっと起きたね、流瑠」

今のやり取りで、すっかり目覚めてしまった俺を見て、桜がニコニコうれしそうにほほえんでいる。

よく見ると、桜はもうすでに出掛けるための準備が整っていて、リボンのついたブラウスにふわっとしたスカートをはいて、いつもより女の子らしい服を着ていた。

あれ？

「桜。化粧してんの？」

珍しい。桜って、今まで服とか化粧とか、あんまり興味なさそうだったから。

「うん。早苗がくれた誕生日プレゼントのリップをつけてみたんだ」

「へー、なんかいつもと違うもんな」

「へへっ、たまにはね、私も女の子なんで、かわいくしたいなとか思うわけですよ」

自分で言っておきながら、桜は照れまくってまっ赤になっている。

「あ、ウソウソ、今の忘れて。私らしくないこと言っちゃった」

ずいぶん動揺しているのか、桜は挙動不審になっていた。

「……桜」

「うん？」

「いや、ううん、なんでもない」

かわいいよ、桜は。

リップをつけていてもいなくても。

ダメだな俺。ここでそう一言でも言えれば、桜を喜ばせることができるかもしれないのに。

でも、照れくさくて絶対に言えない。

笑った顔も、怒ったり、すねたりした顔も、一生懸命に頑張る姿も、どんな顔も仕草も抱きしめたくなるほどかわいくって仕方がないのに。

もし、素直になれたら、桜に俺の気持ちの一部を伝えられるのに。


電車に揺られ、東川駅まで三十分。桜はニコニコしながら、窓の外を眺めている。

その横顔を見ながら思い出す。

小学生までは、桜と俺は身長も体格も、あまり変わらなかった。

それでも、鈍くさくて要領の悪い幼なじみに、手を貸してやらなきゃいけないという思いは、そのころからあった。

その時は、兄妹のような感情が俺をそうさせていたように思う。

でも、中一の時、桜のことを女の子として意識し始めるようになった。

最初はこの気持ちがなんなのかわからず、日々苛立《いらだ》ちだけがつのっていた。

そんな俺の変化に気づきもせず、小学生のころと変わらず俺に接してくる桜にイライラして、ひどいことを言って思いっきり泣かせたこともあったな。

今思えば、それは桜にも俺を意識してほしいという独《ひと》りよがりな願望が暴走した八つ当たりだった。

桜を泣かせて、その泣き顔を見た瞬間に、はっきりと気がついたんだ。桜を好きになっていたんだということに。

その時に誓った。もう二度と傷つけない、泣かさないって。

これからずっと、桜を大切にしていくって。


桜は念願のプリンパフェをひと口ひと口、「んんっ!」だの「むふっ!」だの変わった歓喜の声を上げながら食べている。

少し気になっていることがあった。

桜は、最近、なんだかぼんやりと考え込んでいる時があったから。

思い返せば、二週間前のあの日あたりから始まったような気がする。

「なぁ、桜?」

「やだよ。流瑠はもう自分の食べちゃったでしょ、あげないよ」

「違うから」

「ん? じゃあ。何?」

「二週間前の金曜日……あの日、何かあったのか?」

「二週間前?」

思い出そうとしているのか、桜は空を見つめてから首をかしげる。

「……あぁ、ほら、あの日だよ。帰り道で『充電したい』って言った日」

ふたりで手をつないで帰った日。

言いながら思い出して、照れてしまいそうになる。

桜を見ると、うつむきながらまっ赤になっていた。プリンパフェを食べる手まで止まっている。

桜が甘いものを前にして食べずに止まっているなんてありえない。

「やっぱり、何かあったのかよ？　部活で何かあったのか？」

「え⁉　ううん。なんにもないよ」

「じゃあ、あの日、なにへこんでたんだよ。部活前までは元気だったろ？って……」

思い出した！　その前にクラス委員で、あいつと一緒にいたんだったよな。

「上坂となんかあったの？」

「上坂くんと？　べつになんにもな……」

何かを思い出したように、桜の目線が泳ぐ。

「何かあったのかよ？」

「う、ううん。だ、だから、何もないって」

あきらかに動揺しているし、目も合わせないし、顔も赤いまま。

あいつと何かあったのかよ。

『クラス委員のことはもういいの。私、意外とやる気になってるから』

『ううん、上坂くんを苦手とは思わなかったよ。真っ直ぐで一生懸命そうな人だなって思った。だから、上坂くんとならやれそうだなって感じたの』

桜がそんなふうに言い始めた時から、引っかかってはいたけれど。

苛立ちに似た感情が湧き上がってくる。

「流瑠……なんか怒ってる？」

「怒ってねぇよ。つーか、桜、俺に何か隠してるよな」

「か、隠してないって、ホントのホントに隠してないってば！」

ムキになって大きな声で否定し、カフェ中の視線を集めてしまった桜は、我に返ったように慌てて口をつぐんだ。

単純な桜がこんなふうにムキになる時は、たいがい図星の時。

桜は何かを隠している。

何年一緒にいると思っている？　俺に隠し通せるなんて思うなよ？


家に帰ると、桜の家で俺の家族も集合しての焼き肉の最中だった。

桜の両親に、桜、桜の中二の弟の陸人《りくと》。

うちの両親に、俺、姉貴の藍の合わせて八人の食事会。

「やっぱり大勢で食べるとうまいなぁ、母さん！」

「お父さん、ビールこぼれていますよ。あら、流瑠くんパパママも、もっと飲んで」

ほのぼのしている桜のお父さんと、お母さん。

「いっぱい、いただいてるから大丈夫よ。休みの日のビールって本当においしいわ。ね、あなた」

「そうだね、あ、ママ、お肉焼けてるから取ってあげよう」

うちの母親と父親。

そして、目の前で騒いでいるのは、陸人と姉貴。

「焼き肉！　やっきにくぅ!!」

「陸人！　あんたペース早すぎ。あぁっ！　それは、わたしが焼いてた肉！」

「藍姉、あんまり食うと太んぞ。もう若くねぇんだし」

「うるさいわよ、この中坊！」

「まぁまぁ。まだいっぱいあるから、ふたりともケンカしないの」

「流瑠くんも桜もいっぱい食えよ！　って、なんか大人しいな。ふたりとも」

桜のお父さんが俺たちを交互に見ている。

「ケンカでもしたの？　今朝はあんなに仲よかったのに。ねぇ流瑠」

意味深な目線を送ってくる姉貴を無視する。

「機嫌悪っ！　桜ちゃん、本当にケンカ中？」

姉貴と陸人が桜の顔を覗き込むけど、桜は笑ってごまかしていた。

「ははは。ところでふたり、学校はどうなんだ？　父さんに聞かせてくれよ」

おじさんの質問に食いついたのは母親たちで……。

「あっ！　お母さんも聞きたかったの。流瑠くんってモテるでしょう？」

「そうなの？　桜ちゃん、流瑠はなんにも言わないから、おばさんに教えて！」

「モテるよ。ファンクラブがあるかもって勢い」

目線は網の上のまま、桜がボソッと答えた。

「やるねぇ！　さすがわたしの弟！」

「ファンクラブなんてねぇよ」

俺は桜に『モテる』とか言われるのが一番イヤ。

他の女なんてどうでもいい。

俺のことを好きになってほしいのは、桜だけだから。

「いやいや。ファンクラブは知らねぇけど、すごいモテてるらしいぞ！　それに、クソかわいいマネージャーにも、モテてるらしいじゃん流兄《ながにい》」

肉を頬張《ほおば》りながらそう言ったのは陸人。

「そんなんじゃねぇよ。誰がそんなこと言ったんだよ？」

「マサ先輩」

「マサのやつ……」

「ねぇねぇ桜ちゃん。なに、そのマネージャーってそんなにかわいいの？」

姉貴が桜に詰め寄った。

「……うん、すっごくかわいい子」

桜のそのひと言で、まわりが盛り上がる。

「なんだ？　そのかわいこちゃんは流瑠くんの彼女なのか？」

「おじさん、違うから」

酔い始めている桜のお父さんの質問に慌てて否定した。

横に座っている桜を見るけれど、その表情からは今何を感じているのかよくわからない。

「と、ところで桜はどうなんだ？　そ、その、好きな子とかはいないんだよな？」

心配性の桜のお父さんが恐る恐る桜に尋ねている。

その質問に俺もドキッとした。

「……いないよ」

いないのか、というホッとした気持ち半分と、俺のことはやっぱまだ幼なじみ止まりなんだと気づいてしまった虚《むな》しさが、入り交じる。

「そうかそうか。彼氏とかそういうものは、焦らなくていいからな。よかった。よかった」

安心しきった様子でビールを飲み干すおじさんを見て、陸人が「あはは！」と大笑いする。

「姉《ねえ》みたいなのに彼氏なんてできるはずねぇよ。姉も流兄んとこのマネージャーみたいにかわいく生まれてこれたらよかったのにな」

その言葉に桜が眉をピクッとさせたかと思うと、勢いよく箸《はし》を置いた。

その音に全員が静かになって、桜に注目する。

「わ、私だって、男の子に『キレイ』って言われたことあるんだからね！　……って、あ……」

桜がしまったというように、慌てて自分の口を両手でふさいだ。

「桜ちゃん何それ!!　愛の告白をされたの？　誰に？」

「姉、マジかよ！　それどこの物好きだよ！」

「桜！　誰なんだそいつは！　お父さんに名前を言いなさい！」

口をふさいだまま首を横に振る桜。その動揺が伝わってきて、どうしようもなく胸がムカつく。

「言いなさい！　桜！　父さんは心配で心配で……」

「イヤよ！　言わない！」

「えーわたし、聞きたいっ！　もうっ！　流瑠も黙ってないで、なんとか言いなさいよ！　って、顔怖《こわ》っ！」

自分でも抑えられないほど、今、イライラしている。

「誰に何を言われたって？　桜」

桜を見つめながら聞くと、桜の顔から血の気が引いていく。

「イヤだ。絶対言わない」

甘いんだよ、みんな。桜に隠し事吐かせるなんてチョロいもんだろ？

「ふーん。じゃあ、ウソなんだ？」

「えっ!?　ウソじゃないよ」

ほら、食いついた。

「ちょっと見栄《みえ》張っただけだろ？　わかってるって」

「違うから、ホントに言われたの！　上坂くんに！」

ダイニングが静まり返る。

「……あ」

桜はまた自分の口を手で押さえて固まった。

もしかして、二週間前の放課後に言われた？

あの日から、ぼんやりしていたのは、あいつのせいなのかよ？

おしゃれしたり、リップつけたり、そんな変化も、あいつに〝キレイ〟って思われたくてかよ？

俺は、こんなに長い間一緒にいても、どうしたらお前の心の中に入れるかさえわからないままなのに。

あいつはそんなに簡単に、お前の心を掻《か》き乱《みだ》せたのかよ？

あぁ、情けねぇな。俺は桜のこととなると、途端に余裕が持てなくなる。

嫉妬《しっと》して、独占したくなって、ムキになって、自分のイヤなところが全部、さらけ出される。

感情がうまくコントロールできなくなるんだ。

こんな俺を、桜はどう見ている？

こんな俺でも、いつかお前を振り向かせることができるのかな？

恋敵!?

六月がスタートした。
今月末にある文化祭に向けて、放課後の委員会に、部活にと、毎日が忙しい。
でも、今の私にとってはこの忙しさはありがたい。
くたくたに疲れて帰ったら、なんにも考えずに眠れるから。
最近私は少し変で、心の中にひとつ何かが増えた。
それは、いろんな感情を連れてくる。
でも、それがなんなのか、まだよくわからない。
ただ、ひとつ確信していること。
それは全部、流瑠が関《かか》わっているということ。
それを、私は持て余していた。

「じつは昨日、マサとふたりで映画に行ったの」
「ええっ!?　ふたりでどこかに行くなんて初めてなんじゃないの?」

月曜日の朝の教室で、私と早苗はお喋りの最中。

「うん、初めてだった。わたしから誘ってみたの。ちょっとドキドキしたけどね」

「で？　で？　どうだったの？」

「うん。楽しかったよ。またふたりでどこかに行こうって言ってくれた」

「早苗、すごい！　やったね‼」

照れながら話す早苗がかわいくて、話を聞くのに夢中になっていた時だった。

「あれ？」

不意に早苗が驚いた顔をするから、不思議に思ってその視線をたどると、見知らぬ顔の男子がいた。

「おはよう。相澤さん。北条さん」

「お、おはよう」

知らない男の子に挨拶をされた。

私たちの驚いた顔を見た彼は、ニッコリ笑って私たちから離れていく。

え、誰？　うちのクラスの男子じゃないよ。

私だけが知らないんじゃなくて、早苗も彼が誰かわからないみたいで不思議そうに首をかしげている。

「ねぇ、桜！　あのイケメン誰なの？」

「し、知らないよ。でも、どっかで見たことある気がしない？」

あの笑顔、どこかで？　待って、声もどこかで……？

そのイケメンくんは教室のうしろに向かって歩いていく。

「え？　全然わかんない。ってか、クラスの女子、彼に見とれてるよ。どこのクラスの子？　あんなイケメンが有名になってないのが不思議じゃない？　それに、なんでわたしたちのこと知ってるの？」

待って、思い出しそう。……どこかで、どこかで……？

「あっわかった。上坂くんだ!!　上坂くんだよね？」

思わず出た大声に、教室にいる全員が私を見た。

そのイケメンは私を見て、ニコッと笑う。

私に向けられたみんなの視線はすぐに、上坂くんの机のほうに向けられて、そこにイケメンの彼が座ったから、どよめきが起こった。

上坂くんは大変身を成し遂げていた。

髪は短髪になり、長い前髪によって隠されていた目と額が出され、メガネは以前とは比べ物にならないほどオシャレな物にチェンジされていたのだ。

「えっ……上坂？　あんなにカッコよかったんだ？」

そんな早苗の呟きと同じような呟きが、教室中を駆け巡る。

「おはよう。何かあったの？」

流瑠が朝練から戻ってきた。

「大石見て、すごいの!!　大変身なの、上坂が!!」

早苗の言葉に促されて、流瑠が上坂くんの席のほうに振り向く。

流瑠の目が上坂くんを見つけたのと同時に、上坂くんも流瑠を見た。

なぜか、目を合わせたまま離さないふたり。

「流瑠。見すぎだよ？」

ふたりの怖いくらいの真剣な表情と沈黙に耐えきれなくなった私は、流瑠の腕を掴んで、自分のほうに引き寄せた。

「あ……ごめん」

その時、至近距離で目が合い、動揺した私は、流瑠の腕から慌てて手を離した。

私の行動を不審な目で見る流瑠。

流瑠の視線は私の心の中を探ろうとするような、鋭いもの。

やっぱり、最近の私は変だ。流瑠もそれに気づいている？

なんで、こんなことぐらいで緊張したりするんだろう？

顔が近づくことなんて、今まで日常茶飯事だったのに。

私の様子がおかしいことに気がついてくれたのか、焦った様子で話を変えてくれたのは、早苗だった。

「そうだ！　そういえば、決まった？　今度の試合のレギュラー」

流瑠が私から視線を外して早苗を見た。

「あ、うん。決まった。マサも俺もレギュラーに入ったよ」

すごい！　レギュラーになれたの？　まだ一年なのに。

「やったね流瑠!!　すごいよ、おめでとう!!　絶対、応援に行くね！」

うれしさのあまり、気づいたら流瑠の腕を掴んでそう言っていた。

「うん、サンキューな！」

流瑠が笑う。その笑顔を見て、またも変になってしまった私は、掴んだ手をそっと離した。

流瑠は、私の頭をポンポンとして、顔を覗き込んでくる。

「応援楽しみにしてる」

ダメだ、また心臓がおかしくなってきた……。

流瑠に触れたり、触れられたりすると、落ちつかなくなるようになってしまった。

急に何をそんなに意識しているんだろう？

「まぁまぁ。仲のいいこと。わたしもマサにお祝い言ってこよーっと」

早苗が言ったそんな言葉も耳に入らないほど、私は心臓の音を隠すのに必死だった。

「なぁなぁ、桜」

授業中、流瑠が背中を突いてくる。

「……何？」

私は先生に見つからないように、少しだけ振り向いて小声で返事した。

「試合でシュート決めたら、ごほうびくれよ」

「なぁに甘えてんだか。何もあげないよ」

「冷てぇな。それを励みにしたら、もっと頑張れるって言っても？」

そんなこと言われたら、ごほうびくらいあげなきゃと思ってしまう。

「ちなみに何が欲しいの？」

「欲しいっていうか……一緒にどこか行こう」

「デートするの？」

テンションが上がり、授業中だというのも完全に忘れてしまう。

「……デートって言うなっつってんだろ」

こんな時でも、流瑠は冷静にそこを指摘してくる。

「はいはい。行く行こう！　どこ行きたい？」

「子どもの時に連れていってもらった水族館とかどう？」

「うわぁ！　行くっ！　流瑠がシュート決めなくても行っちゃおう！」

「バーカ。必ず入れてやるし。それに、入り口の水槽にいる、桜にそっくりなやつも見たいしな。」

「私にそっくりな？　小さいから熱帯魚とか？　ラッコだったらうれしいけど」

ひとりで答えてひとりで照れている私を見て、流瑠がいたずらに口角を上げる。

「いや。イワシ」

「なんでイワシ？　その他大勢感？　人気ない感？　安い感？」

「イワシに謝れ。桜」

「イヤっ！　私がイワシなら、流瑠は……」

そこまで言い合いしたところで、クラス中の視線を感じてハッと我に返ったけれど、時すでに遅し……。

「相澤！　大石！　俺の授業中に雑談とはたいした度胸だ。相澤、三十ページ訳せ！　大石は三十一ページ訳せ！」

「「え……」」

私たちはこれでいい。こんなふうに冗談を言い合いながらふたりでずっと一緒にいたい。そのためには、私の心の中にひとつ増えた何かは、隠し通さなきゃいけないものなんじゃないかと思う。

放課後を伝えるチャイムが鳴る。

「桜。今日部活そんなに遅くなんないから、一緒に帰ろう」

「うん。でも、今日は私が待たせちゃうかもよ」

「いいよ。待ってる」

流瑠とのいつもどおりのやり取りの最中、うしろから誰かがすごい勢いで近づいてきた。

「相澤さん、委員会遅れるから、早く行くよ」

えっ⁉　上坂くん？　腕、腕が掴まれてる⁉

流瑠と話している途中だったのに、私は上坂くんに引きずられるように連れ去られていた。

動揺する私を気にもせず、唖然とする流瑠に見向きもせず。

上坂くんは私の腕を引っ張ったまま、教室を出て廊下をずんずん進んでいく。

「ちょ、ちょっと上坂くん！　痛い、痛いんだけど」

「あっ。ごめんね。あんまりのんびりしているから、つい」

やっと腕を離してくれた上坂くん。

びっくりしたよ。あの大人しい上坂くんが、強引に腕を掴んで引っ張っていくんだもん。

「でも、委員会の時間には、じゅうぶん間に合うよ」

「うん。わかってたよ。でも、早く行きたかったんだ。委員会の間だけはさ、僕の特権だからね」

「特権？」

「いやいや。なんでもないよ。相澤さんは鈍感だもんね」

上坂くんが笑っている。

「鈍感って、流瑠にもよく言われるけど？　そうなのかな？」

「ふーん。大石くんにね。にしても、仲いいよね。ふたりって」

「えっ？　うん。まぁ……」

「大ゲンカでもすればいいのに」

上坂くんが私の顔を見てはっきりと言うから、目を見開いた。

「ええええっ！　なんで⁉」

「仲よすぎてムカつくから」

ニコッと笑った上坂くん。そして、その笑顔に凍りつく私。

「……何か気に障ることしたかな？　私たち」

「やっぱり、鈍感だよね。相澤さん」

「ごめん……でも、わ、わかんないんだけど？」

「そう？　家も引っ越せばいいのに。とも思ってるよ？」

「えええっ⁉」

キャラが……キャラが完全に変わっていますが？

変身したのは姿形だけじゃないの？

上坂くんの Before→After についていけない。

「ねえ。相澤さんは大石くんのこと、好きなの？」

「うん。好きだけど」

そう即答した私に、上坂くんがため息を漏らす。

「幼なじみとしてじゃなく、大石くんをひとりの男として好きかってことを聞いているんだよ？」

ドクンと心臓が跳ね上がった。

「そ、そんなんじゃないよ」

こんな類《たぐい》の質問は、初めてじゃない。なのに、私は何を動揺しているんだろう？

「そう。ならよかった。じつはね、僕にも幼なじみがいるんだ」

「そうなの？」

「中学二年までは、君たちみたいに本当に仲がよかったんだけど、今はお互いなるべく会わないように避けてる」

「え……どうして？」

上坂くんが少しさびし気に笑う。

「僕がね、彼女のことを、ひとりの女の子として〝好き〟になったからだよ」

――ドクン、ドクン、ドクン。

また心臓が激しく鼓動を打ち始める。

「中学に入ってすぐに、彼女に好きって感情を持つようになったんだ」

言葉を失った私を見つめながら、上坂くんが話を続ける。

「それで、中二の時、僕は彼女に思わず告白してしまった。まさか、僕がそんな感情を持ってるなんて思っていなかった彼女は、びっくりしたのか、どうやって断ったらいいのかわからなかったのか、泣いてしまったんだ」

「……」

「壊れるわけがないって思ってたんだよ。たとえ、僕が告白したとしても、彼女にその気がなかったとしても、また、次の日にはいつもどおりに笑い合えると思ってたんだ」

「できなかったの？」

「うん、彼女は僕を避けるようになったよ」

「……そうなんだ」

「彼女は僕を傷つけたことに責任を感じたんだろうね。そして僕は、彼女を困らせたことを後悔した」

上坂くんの言葉が、心の中に重く影を落とす。

激しい鼓動が治まってくれない。

どうして、この話にこんなに心が動揺するの？

上坂くんと彼女。私と流瑠。共通するところは幼なじみってところだけでしょ？

それに、私と流瑠は、好きとかそういうんじゃなくて……。

「相澤さん。大丈夫？」

「え？　うん、大丈夫だよ」

「変な話を聞かせてごめんね」

なんだか胸が苦しかった。上坂くんの言葉にうまく返事もできず、ただ首を横に振るだけの仕草で答えた。

そんな私を見つめながら、上坂くんがまた口を開く。

「いや。違うかもね」

「え？」

「彼女が避けていた理由は、僕のことを傷つけたことに責任を感じてじゃないかもしれない」

「どういうこと？」

「うっとうしくなったのかもしれない。もしかしたら、告白する前からそう感じてたのかもしれない。ずっとそばを離れない僕を、だんだんそんなふうに感じてきてたんじゃないかな？」

うっとうしい？　その言葉に私は反応する。

そして、自分の動揺を隠すように、上坂くんに言った。

「そんなふうには彼女は思ってないよ……きっと、きっとそんなんじゃないよ！　そうだよそんなこと、ずっと一緒にいたのに思うわけがない……」

この言葉は上坂くんのために言った言葉？　それとも、自分の心を守るための言葉？

「そんなことあるんだよ。僕は好きだったから、一緒にいることは苦痛ではなかった。でも、僕をただの幼なじみだと思っていた彼女にすれば、子どもじゃあるまいし、いつも何をするのも一緒ってのは苦痛だったのかもしれない」

ショックを受けていた。

思い出してしまったから。中一の時に流瑠に言われた言葉を。

ううん、あれはきっと売り言葉に買い言葉ってやつだよ。

流瑠はきっと、言ったことすら忘れているよ。

そう自分に言い聞かせるのに、どうしようもない焦燥感にかられていた。

流瑠、あの時は本当にそう感じていたのかな？

もしかして、今でもそう感じてしまうことはあるの？

「なんて顔してるの？　相澤さん」

「あっ。ごめん」

いけない、この話は私のことじゃない。辛いのは上坂くんなのに。

「僕ならもう平気だよ」

「……そうなの？」

「うん、やっと違う子を好きになれたからね」

そう言って、上坂くんは私にほほえむ。

「そうなんだ。よかった。そっか、だから上坂くん、性格も明るくなったし、髪形も変えてカッコよくもなったの？」

上坂くんが一瞬びっくりした顔をしてから、口角を持ち上げて笑った。

「性格はこっちも本当の僕だよ。好きな子に振り向いてもらうためには、大人しくしてるわけにはいかないでしょ？　ライバルは相当、手強《てごわ》いやつだからね」

「本気なんだね。上坂くん」

「うん。すっごく本気！　ところで、相澤さんは僕のこと、カッコよくなったって思ったくれてたんだ？」

「うん、上坂くんカッコよくなったよ。クラスのみんなもびっくりしてたもん！」

笑顔でそう伝えると、上坂くんも優しい笑顔で私に言った。

「相澤さんって、なんかそういうところ、素直と言うか、無邪気と言うか、かわいいよね」

上坂くんが私の頭をポンポンとするから、びっくりして固まった。

流瑠以外の男の子に、そんなことをされたのは初めてで、男の子に〝キレイ〟に続いて、〝かわいい〟って言われたのも初めて。

その初めて全部が、あの大人しかった上坂くんなんて。私の頭の中は、恥ずかしいやら、びっくりやらで、パニックだった。

西のほうに太陽が傾いていく。私は流瑠との待ち合わせ場所へと急いでいた。

グラウンドへ続く階段に流瑠が座っている。

その姿を見つけると、いつも早くそこに辿《たど》りつきたくて急ぎ足になるんだ。

「やっぱり。桜の足音だった」

流瑠は振り向いてそう言いながら、西日を浴びて眩しそうに笑った。

「私も流瑠の足音だけはわかるよ。他の人のは全部一緒に聞こえるけどね」

そう自慢げに言った私の頭にポンポンと手を乗せると、頬を緩めて柔らかく笑う。

「うん。俺がわかるのも桜のだけ」

その包み込むような笑顔に、いつものように、からかうように〝大好き〟と言いたくなる。

喉元まで上がってきたこの言葉を、今日はなぜかのみ込んだ。

その言葉がさっきよりも熱を増しながら、私の中に戻っていく。

心の中に芽生えた不安を少しだけ溶かしながら。

ふたりで並んで歩きながら、上坂くんに言われた言葉を思い出していた。

『キレイ』

『かわいい』

そんなふうに言ってもらえるのは、びっくりしたけれどうれしかった。

だってそれは、女子にとって最高の褒め言葉だと思うから。

でも、でもね。本当にその言葉を言ってほしい人は……何度考えても、何度打ち消しても、何度考え直しても、頭をよぎるのはただひとり。

流瑠なんだよ。

見上げた横顔が私の視線に気づく。

「ん?」

「ううん、なんでもない。おなか空いたなって思って」

動揺を笑顔でごまかした。

「空いたな。そうだ。今日は俺、桜ん家で晩ごはん食べさせてもらうよ」

「流瑠のママさん残業なの？」

「うん、みたい。さっきメール入ってた」

今日は流瑠と一緒にごはんを食べられると思うと、うれしさが込み上げてくる。

「なぁ。桜あのさ……」

「うん？」

何か言いたげな流瑠と目が合う。

「上坂のこと……」

「上坂くん？」

私がその名前を口にしたあと、流瑠が真剣な目で私をジッと見つめてきた。

なんでそんなに見られているんだろうと不思議に思いながらも、あまりにも見つめるから、たまらず頬が熱くなっていく。

「桜？」

流瑠のその困惑したような、不安気な表情を見て、しまったと思った。

幼なじみに急にそんな反応されるようになったら困るよね。

〝うっとうしい〟よね？

嫌いにならないでほしい。あの時みたいに、避けられるのはイヤだから。

これ以上、熱くなる頬を見られないように、うつむいたまま言った。

「上坂くんがどうしたの？」

「……いや、なんでもない」

流瑠の声のトーンが下がる。

そのままお互い、何も話さないまま、どんどん長くなっていくふたりの影だけを見て歩いた。

どれくらい、黙ったままだったかな？

流瑠が口を開いた。

「今日は俺が充電したい」

「……え？」

流瑠を見上げる。

流瑠がそんなことを言ったのは初めて。だって充電はいつも、へこんだ私が流瑠にしてもらうものだったから。

「ねぇ、どうしたの？　何かあったの？　大丈夫なの？」

流瑠の腕を掴んで聞いていた。

自分でもびっくりするほど、必死な声が出た。

私の反応に流瑠も驚いた顔になる。

「いや、ちょっと……落ちてる」

「……もしかして、レギュラー外されたとか？」

「や、違う」

「じゃあなんなの？」

「なんで、ちょっとキレ口調なんだよ」

「だって流瑠のことが心配なんだもん！」

口を尖らした私の顔を見て、流瑠が優しい表情で笑う。

「桜のそういうとこ、俺に元気をくれる」

「そういうとこって？」

「俺のこと、すっげー心配してくれるところ」

いつも元気をくれるのは流瑠だと思っていたけれど、私も流瑠に元気をあげられているのならうれしい。

「ちょっと最近落ちてたのは、不安になったからだよ」

「不安？」

何が流瑠を不安にさせているの？

流瑠の不安に共鳴したように、私の心も陰る。

「桜になら、この不安を取り除いてもらえるんだ」

「私になら？」

「うん。桜になら」

そんなふうに思われることがうれしいし、その笑顔のためならどんなことだってできるって思う。

「私の充電って、そんなに効果的？」

「うん、だって桜の充電は俺だけのものだろ？」

「そりゃそうだよ！　流瑠だけのものだよ」

誇らしげにそう答える私を見て、流瑠が真面目な顔で呟いた。

「だから、誰にも渡さねぇよ」


今日は日曜日。見上げれば、空はまっ青で、いい天気！

目線を戻せば、黒山の人だかり。じゃなくて、女山の人だかり？

「ねぇ、早苗。すごい人数なんだけど、しかも女子ばっかり……」

「〝クラブサッカーへようこそ〟みたいな感じだよね！」

「ん？」

「まるで、ホストクラブみたいじゃない？　ってこと」

「あはは……」

今、私と早苗がいるのは、うちの高校のグラウンド。

今日はサッカー部が他校と練習試合なんだけれど、観客席には、びっくりするくらいの数の女子たちが集まっていた。

みんな、お目当ての男子の応援？

まぁ、私と早苗も、流瑠とマサくんの応援に来たんだけれど。

今は練習中の部員たち。

その練習風景に色めき立っている女子たち。

私は、観客席のピンクのオーラにめまいを起こしそうだった。

「この中に何人いるかな？　大石ファン」

早苗の言葉にドキッと心臓が跳ねる。

「面倒だから『流瑠は私のものです！』って宣言しといたら？」

「なっ、何を言っちゃってるのかしら？」

「桜、焦ってるし？　うけるー」

「……」

「大丈夫！　桜は大石に一番近いんだから」

大丈夫って、何が大丈夫なんだろう？　今、胸の中にあるゴチャゴチャを早苗にぶちまけたらスッキリするかな？

でも、まだ、このゴチャゴチャを外に出す勇気が出ない。

——ピピーッ！

笛の合図とともに、グラウンドでウォーミングアップをしていた選手たちが、観客席近くに置かれた、選手用のベンチに戻ってくる。

流瑠もマサくんも戻ってきた。

観客席は耳をふさぎたくなるほどの黄色い声援で沸き立った。

ふたりはベンチの自分のタオルを取り、汗を拭《ぬぐ》う。

そのあと、流瑠とマサくんが、誰かを探すように観客席をゆっくりと見渡していく。

そんなふたりの視線が届いた観客席が、ほんのり色めき立った。

もしかして、観客席のほとんどが、マサくんか流瑠のファン？

そして、もしかして、流瑠とマサくんは私たちを探している？

ちょっと待って、イヤな予感しかしない。

色めく観客席とは反対に、顔面蒼白《そうはく》になっていく私。

ヤバいかも、見つかったらまずいことになるかも！

「早苗も隠れて！」

「えっ⁉」

早苗の頭を上から押さえつけようとした私は、気づけば立ち上がって、逆に目立つ体勢になっていた。

「あ……」

私はすぐにふたりに見つかってしまい、流瑠とマサくんが同時に手を上げてきた。

しかも、さわやかな笑顔まで添えちゃったものだから。

——きゃぁぁぁぁぁぁぁぁぁ！

案の定、観客席がスパークした。

この状況下で私たちはふたりの挨拶に応《こた》えて手を上げる勇気もなく、ただただ固まってしまう始末。

でも、もっと固まっていたのは当の本人たち。

現実であってほしくないことほど、現実になるのだ。

まさか、あんなにファンがいたなんて。

観客席の女子のうち、いったいどれくらいの人たちが流瑠のことを好きなのかな？

私は再びめまいを感じながら、ため息を漏らした。

「あ……」

早苗が流瑠とマサくんがいるほうを見ながら呟く。

「ん？」

私も早苗と同じほうに目を向けた。

雪見さんだ。

雪見さんはベンチに座っている流瑠の前に立ち、何か話しかけていた。

そんなふたりの様子を見た観客席からは、嫉妬まじりのため息が漏れる。

流瑠は観客席に背を向けて座っているから、私からはその表情は見えないけれど、雪見さんの表情は見える。

すごく楽しそうに喋っていて、相変わらず笑顔がかわいい。

流瑠もアイドル顔だってよく言われているけれど、雪見さんもアイドル顔。

アイドル顔同士、お似合いかも。

胸の中がどんより曇っていくのを感じた。

イヤだな、私は雪見さんのことになると性格が悪くなる。

自分が嫌いになりそうな胸の曇り具合に、思わずふたりから目を逸らしてしまう。

代わりに、早苗と目が合った。

「……」

何か言いたそうな早苗の表情。

勘のいい早苗にいろいろ気づかれた気がして動揺する。

「あ！　そ、そうだ早苗、試合が始まるまで暇だし、しりとりしない？」

「は？」

「だよね。そういう反応になるよね。今の発言は忘れて」

なんでしりとり？　動揺しすぎてうまくごまかせなかったのバレバレだよ。

「なんか桜、自分の気持ちから逃げてない？」

早苗に顔を覗き込まれて目が泳ぐ。

「ねぇ、雪見さんと話している大石から目を逸らしたのはなんで？　ふたりを見て辛そうな顔してたのはどうして？」

「……」

何も答えられない。

最近、私が変な理由。心がモヤついてゴチャゴチャしているのはどうして？

まだ、私にはわからないよ。

「最近の桜を見て思うんだけど、桜は雪見さんに嫉妬しているんじゃないの？」

「……え」

嫉妬って、それってまるで、私が流瑠を……？

ドクンと大きく心臓が反応する。

早苗を見ると、真剣な表情で私を見ていた。

「ううん、ないよ、それはない……よ」

「そうなの？」

「……うん」

上坂くんと、上坂くんの幼なじみの話を思い出してしまう。

『中学二年までは、君たちみたいに本当に仲がよかったんだけど、今はお互いなるべく会わないように避けてる』

『僕がね、彼女のことを、ひとりの女の子として〝好き〟になったからだよ』

イヤだよ、流瑠とそんなふうになるのは。

イヤな音を響かせる胸が苦しくなった。

「じゃあ、桜にとって大石は、ただの幼なじみなんだね？」

早苗の言った言葉に反応して思わず顔を上げる。

〝ただの〟という言葉がどうしても引っかかった。

「ただの幼なじみっていうのはちょっと違う。私にとって、流瑠はとってもとっても大切で……だから、〝ただの幼なじみ〟って言い方はイヤ。いてもいなくてもいいようなそんな存在じゃないから」

私たちふたりの関係を例える上で〝ただの幼なじみ〟なんて言葉は今まで聞き飽きるくらい言われ続けていたし、それに対して何も感じなかったのに。

今はなんだかとてもイヤで……。

「えらくムキになるね」

ニヤリと早苗が含みのある笑顔を浮かべる。

「そ、そんなことないって」

そう言いながらも、あきらかに動揺する私の肩を早苗が抱きしめてくる。

「まぁ、焦ることはないよ。近すぎたからこそ見えなくなってることもあると思う。でも、自分の気持ちから逃げるのだけはダメだよ。心に素直になれなきゃ、幸せじゃないよ。桜が話したいことがある時は、わたしはいつでも聞くし。だから、元気出してよ！」

気合を入れるかのように、背中をバシッと叩かれた。

すっごく痛かったけれど、早苗の言葉がうれしくて泣きそうになる。

薄暗かった心が少し晴れていくのを感じていた。

「早苗ありがとう」

私が伝えると、早苗は私の顔を両手で挟み、グラウンドのほうにグイッと向けた。

その瞬間、ホイッスルが鳴り響く。

試合開始！　観客席からは歓声やら、ため息やらが漏れる。

私は、流瑠を目で追った。

そりゃあ、キャーキャー言われちゃうかも。

そりゃあ、ため息も出ちゃうかも。

カッコいいよ流瑠。

久しぶりに見たボールを一生懸命追いかける流瑠は、いつも見慣れている幼なじみの私から見ても眩しかった。

そして、サッカーをよく知らない私でも、流瑠が上達しているのはわかった。

流瑠はどんどん男らしくなって、カッコよくなっていく。

私は？　外見も内面も成長している？

胸を張れないような気がして、なんだかさびしく感じた。

置いていかれそうで怖くなる。

流瑠がシュートを決めて、ホイッスルが鳴った。


この次の週に行われた本試合でも当然のように流瑠はシュートを決めた。大きな会場でシュートを決めた流瑠は、本当にカッコよくて、私の胸はドキドキうるさかった。

「流瑠、意外とやるねー！」

「意外は余計だろーが」

「ははは。ウソウソ。サッカーかなり上達したよね」

「そう？　ありがと。なぁ、覚えてる？」

「うん。水族館デートでしょ」

「デートって言うな……って、まぁいいや、それ、いつ行くか決めような」

「うん！」

「流瑠くん！」

私たちの会話に流瑠を呼ぶ声が交じる。

その声のほうへ顔を向けると、雪見さんが笑顔で立っていた。

「先輩たちが呼んでるよ」

「あー悪い。すぐ行く。桜ごめん。今から打ち上げなんだって。一緒に帰れないけど、ごめんな。それと、お前は方向音痴なんだから迷子になるなよ。北条について帰れよ」

「うんわかってるって。いってらっしゃい！」

背後で先輩が流瑠を呼んでいる。

私にニッと笑いかけてから、流瑠は先輩のところへ走っていった。

流瑠はもう行ってしまったのに、なぜか立ち去ろうとしない雪見さん。

早苗はトイレに行ったまま、まだ帰ってきていないし、ふたりきりになって、気まずい空気が流れた。

えっと、どうしよう。

なんとも言えない沈黙が居心地悪い。

「なんだか流瑠くんって相澤さんの保護者みたいね」

私より先に口を開いたのは雪見さんのほうだった。

「保護者？」

「手のかかる子の世話が大変って感じ。さっき言ってたことだってまさにそんな感じだよね。なんか、ほほえましいって思っちゃった」

「ははは……」

屈託のない笑顔で雪見さんが言う。でも、私にはグッサリと何かが突き刺さった。

「相澤さんのお父さんやお母さんが、流瑠くんに面倒見てって頼んでるの？」

「いやぁ？　どうだろう？」

あのふたりなら、こっそり頼んでそうだけれど……。

即、否定できないのが悲しい。

「相澤さんって、なんか放っておけない感じがするもんね。かわいいもん。小学生みたいな雰囲気で」

なんだろ、さっきからすごく険があるように感じる。

かなりムッとしたけれど、何も言い返せない。

「だからかな？　あんなにいつも一緒にいるのに、相澤さんは、流瑠くんのファンの子たちから、イヤがらせをされないのは」

「え？　イヤがらせ？」

不穏な単語に反応してしまう。

「うん。変なメールや手紙が届いたり、靴にいたずらされたりするの」

「そ、そんなことはされたことないかな。っていうか、そんな子どもじみたことをする人なんていないんじゃない？」

「……だよね。そんなことするなんて……わたしもびっくりしたんだけど……」

雪見さんの大きなキレイな目に涙がにじんだ。

「え⁉　ちょ、どうしたの？」

「わたしは、イヤがらせされちゃってて……もうどうしたらいいのか、わからなくって……」

雪見さんの頬を涙がポロポロと伝う。

「大丈夫？　イヤがらせって誰から？」

「流瑠くんのファンからなの。わたし流瑠くんとよく話をしたり、一緒にいたりするから、勘違いされてるみたいなの。彼女かもって……」

噂としては聞いたことがあった。

でも、雪見さんの口から出た〝彼女〟という言葉に胸がギューッと痛くなる。

「そ、そうなんだ。大丈夫？　誰かに相談したの？」

「ううん。言っちゃうと流瑠くんに迷惑かけるから……それだけは避けたいの……」

「ねぇ、雪見さんってそんなに流瑠のこと、好き？」

自分の口から無意識に出た言葉に動揺する。

答えを待つ時間がものすごく長く感じて、鼓動が早くなる。

「大好きだよ。本気だよ、わたし！」

大きな目からこぼれる大粒の涙と、まっすぐ私を見る澄んだ瞳。

――ドクン……。

目を逸らすことなんてできない。

真剣さが怖いくらいに伝わってくる。

――ドクン……。

そして、雪見さんは私が何か言うのを待っている。

私はなんて言えばいいの？

――ドクン……。

「……流瑠は、ただの幼なじみだよ」

私、今、なに言った？　頭の中がまっ白になった。

「……桜？　雪見？」

私のすぐうしろからその声が聞こえてくる。

――ドクン！

心臓が激しく跳ね上がった。

私の背後にいるその声の主を振り返ることができない。

流瑠。今の……聞こえた？

「……先輩が、雪見も早く戻ってこいって言ってるけど、ってか、雪見はなんで泣いてんの？」

「流瑠くんごめんね。たいしたことじゃないの」

雪見さんはハンカチで涙を拭いながらそう言った。

「……桜？」

「……」

頭の中はまっ白で、でも心の中はぐちゃぐちゃで、流瑠の顔なんて到底見られない。

「ホントに何もないの。相澤さんまたね。行こう流瑠くん」

そう言って雪見さんが流瑠の腕を引き、連れていこうとした。

雪見さんが流瑠に触れた瞬間、私の中の何かが崩れ落ちていくのを感じた。

「雪見さんが泣いてるの、流瑠のせいだよ」

「どういうこと？」

頭が痛い。

思考は停止しているのに口が勝手に動く。

「流瑠のファンの子たちにイヤがらせされてるんだって」

「え？　雪見？　そうなの？」

流瑠がうつむいた雪見さんの顔を覗き込む。

「……うん」

雪見さんが小さく頷いた。

「ごめん。俺なんにも知らなくて。どんなことされた？」

雪見さんが顔を上げて今まであったことを流瑠に話し始めた。

流瑠を見つめて話す瞳からは、また大粒の涙がこぼれる。

流瑠は、「ごめん」と何度も謝りながら、雪見さんの話を真剣に聞いている。

雪見さんを見つめて、雪見さんを心配して、真剣に話を聞いて……なんだか不思議な感じがした。

今の雪見さんがいる場所は、いつも私の場所だった。

見つめられるのも、心配されるのも、真剣に話を聞いてもらえるのも、真剣に声をかけてもらえるのも、全部、全部、私だけの場所だったのに……。

頭はまっ白のままなんにも考えられないのに、でも、心は何かを必死に伝えようとしてくる。

胸がすごく、すごく苦しい。

「桜？」

いつの間にか流瑠が私のほうを向いていた。

でも、いつも隣にいる流瑠が今はなんだか遠く感じる。

「流瑠が守ってあげなよ。そばにいてあげて」

「え？」

流瑠の驚いたような声が聞こえたけれど、私は、この場にいられなくて流瑠に背を向け、歩を進めた。

だって、きっとこのままじゃ、とんでもないことを口走ってしまいそうだから。

「ちょっ、おい！　待てよ桜！」

流瑠が走り去ろうとする私の腕をつかまえる。

流瑠の顔が見られなくて、目を逸らした。

きつく掴まれた腕が痛い。でも心はもっともっと痛くって……。

「桜、お前、今言ったこと……本気？」

「……して」

「聞こえねぇ。こっち見ろよ！　桜！」

あと少しで涙が出そうだから。ごめん流瑠、もうひとりにして。

「本気だってば、痛いから離して」

私の口から出てきた言葉に、場が凍りつく。自分でもびっくりするくらい冷静で、冷たく突き離す言い方だった。

私の言葉を聞いて、少し緩んだ流瑠の手から腕をほどき、その場から逃げるように走り出した。

苦しさが胸に迫ってくる。

本当に息をするのを忘れていたのかもしれない。

苦しくて、苦しくて、苦しくて……。

「……っ⁉」

呼吸が吐き出されるのと同時に涙がこぼれ出した。

私は、うぬぼれていたのかな？

一番近いのは私だって思っていた。

私だけが大切にされていると思っていた。

心配されるのも、元気づけられるのも私だけだと思っていた。

そんなわけないのにね。

流瑠が私の近くにいてくれてたんじゃなくて、私が流瑠から離れなかっただけだ。

居心地のいいその場所から離れられなかった。

流瑠は優しいから、小さいころから兄妹のように育った私のことをほっとけなかったんだよね。

私は、そのことに気づいていたんじゃないの？

だから、雪見さんに、居心地のいいその場所を、いつか取られるんじゃないかと思って怖かったの？

流瑠をひとり占めしたい。誰にも取られたくない。

自分の中の高慢な気持ちに吐き気がする。

こんな気持ちを私が持っているって気づいたら、流瑠は引くよ……きっと。

『……流瑠は、ただの幼なじみだよ』

その言葉は、流瑠にも聞こえたはず。

もしも逆に、流瑠がそんなことを言っていたとしたら、私なら流瑠に文句を言っていたよ。

でも、流瑠は違った。

私のその言葉を聞いても、何も言わなかった。

流瑠にとっては、きっとそのとおりだから。

私たちの間に特別なものなんて何もない。

壊そうと思えば簡単に壊れる。

きっと壊される時も一瞬。

もしも、雪見さんと流瑠が付き合ったら……。

「……っ、うっ……」

涙が、止まってくれない。

――『桜！　いったいいつまで俺につきまとうつもりなんだよ！　本気でうっとうしいんだよ、お前！』

そうだった。あの日……そう言われていたんだった。

諦めに似た感覚が私の中いっぱいになる。


ここは、どこなんだろう？

走っていた足が徐々に止まっていく。

……疲れた。

涙を流したから？　走ったから？

力が入らなくて、フラフラと道の端に寄ってからしゃがみ込んだ。

舗装されたアスファルトだけが目に入る。

頭はボーッとしたまま、ただただそれを、目に映していた。

――ブーン、ブーン、ブーン……。

スマホが着信を知らせてくる。

驚きと動揺でビクリと体が揺れた。

もしかして。

バッグの中で震えるスマホに、おそるおそる手を伸ばす。

【北条早苗】

早苗……。

私は今、誰からの着信を期待したの？

「……はい。早苗？」

《桜、今どこにいるの？　ごめんね、遅くなって！　塾の友達に会っちゃってね。つい喋っちゃってた》

「……ううん」

《何かあったの？　桜？　声、元気ないよ？》

「気のせいだよ。なんにもないよ」

《ならいいんだけど。そうだ、今から塾の友達も一緒にケーキ食べに行かない？》

普段ならなんの迷いもなくふたつ返事でＯＫするだろうけれど、今日はごめん。ウソを見逃してね。

「じつは私もさっき友達に会ったの。今日はこれからそれぞれ別行動にしない？」

《そう？》

「うん。そうしよう」

私の目は、まだ充血しているかもしれないから。ごめんね。

通話が終了し、すぐにスマホの電源を切った。

ずいぶん、時間がたったように思う。

今、いったい何時なんだろう？

腕時計はつけていないし、スマホの電源を入れる気にもなれない。

まだ明るいから、そんなに遅くはないはず。

そろそろ、帰ろう。

少し落ちつきを取り戻した私は、うずくまっていた場所から立ち上がった。

でも、この競技場はあまりよく知らない場所な上に、さっき適当に走ってきたから、今自分がどこにいるのかわからない。

あれ？　駅はどっちなんだろう？

競技場のまわりにいることはたしかなんだけれど。

目の前の道もほとんど人気《ひとけ》がないし。

こっちでいいか。

「あれ？　相澤さん？」

「……え、上坂くん」

うつむきながら歩き始めた時、声をかけられて顔を上げると、上坂くんが前から歩いてきていた。

「やっぱ、相澤さんだった」

私を見て、ニコッと笑いながら目の前までやってきた。

そして、私の顔を見た瞬間、驚いたような顔をする。

「相澤さん、どうしたの？」

「あ、うん。今日、この競技場でサッカー部の試合があって。上坂くんこそどうしたの？」

「そこの図書館に用があったんだ。で、相澤さんはどうしたの？」

上坂くんが眉根を寄せる。

さっきから同じ質問をされているよね。もう答えたんだけどな。

「う、うん。そろそろ帰ろうかなと思って」

なんか怖い顔しているのが気になるけれど、今は、いつもみたいに話す気になれないからこのまま場を立ち去ることにした。

「じゃあ。私、帰るね。バイバイ」

笑顔を作り、上坂くんの前を通りすぎようとした瞬間に腕を掴まれた。

「え？」

びっくりして上坂くんを見上げる。

ジッとこっちを見下ろしていた上坂くんが口を開いた。

「駅は、反対方向だけど？」

「あ、あはは……そうなんだ？　ありがとう。ごめんね、じゃあ行くね」

そう言っているのに、上坂くんは、一向に腕を離してくれる気配はない。

「えぇっと？　上坂くん？」

「何？」

「いや……な、何っていうか……手を離してほしいかなぁ、っていうか……」

「いいの？」

「え？」

上坂くんは腕を離すどころか、私のもう一方の腕も掴み、私の顔を覗き込みながら言った。

「いいの？　そんな顔で電車に乗って？」

「え？　そんな顔？」

首をかしげていると、私の腕を解放してから上坂くんは言った。

「鏡、持ってる？」

持ってるよ、持ってるけどなんか変？

私はバッグの中から急いで鏡を取り出し、覗き込んだ。

「わぁっ！」

鏡の中の自分を見て思わず叫ぶ。

そうだ私、今朝、生まれて初めてマスカラをつけたんだった。

あんなに泣いた上に、こすってしまった目のまわりは、パンダみたいにまっ黒になっていた。

「う、うわぁっわわぁ！　み、見ないでぇっ！」

「もう遅いよ。がっつり見たから」

上坂くんが笑う。

「ど、ど、どうしよう！　とりあえず、トイレ！　トイレに行ってくるから、上坂くん先に帰ってて！」

は、恥ずかしい！

上坂くんに見せないように顔を伏せながら、その場を去ろうとした私の腕がまた上坂くんに掴まれた。

「トイレはそっちじゃない。場所もわかんないのに適当にフラフラ行っちゃダメだよ。そんな、いかにも泣きましたって顔でフラフラしてたら、変なやつにつけ込まれるだけだよ」

「ごめんなさい」

こんなひどい顔の子に誰もつけ込まないとは思うけれど。

上坂くん心配してくれているんだ？　私を女の子として扱ってくれているんだ？

そう思って顔を見上げると、また怖い顔に戻っている上坂くんがいた。

「ねぇ、そんなになるまで泣くなんて、いったい何があったの？」

——ドクン！

あの時の記憶が戻り始めて、目線が泳いでしまう。

「サッカーの試合を見に来たんでしょ？　そんなのもうとっくに終わっているよね？　僕が三時間ほど前にここを通った時には、ちょうどサッカーの試合が終わったって感じだった」

「……」

「もしかして、だいぶ長い間ここにいたんじゃないの？　こんなところでひとりで泣いてたの？」

すべてが図星で何も言えない。

「大石くんとケンカした？」

流瑠の名前が出てきて、体がビクッと反応してしまう。

「何やってんの、大石くんは！　相澤さんをこんなところにひとりで何時間もほったらかして！」

上坂くんが私の腕を掴む力が強くなる。

掴まれた腕の痛みが、さっき流瑠に強く腕を掴まれたことを思い出させて、また涙がこぼれ出した。

上坂くんが腕を掴む力を緩めた。

でも、涙は止まらない。

「ごめん、ごめんね。すぐに泣きやむから」

「いいよ。我慢せずに泣きたいだけ泣いたら？」

そう言って上坂くんは私の頭をポンポンとした。

それが、流瑠の手を思い出させてまた泣けてしまった。

「ホントにほっとけないね。相澤さんは」

やっぱり私は、そういうふうに人に思わせてしまうんだ。

「大石くんとは、いつもこんなふうに泣くまでケンカするの？」

「ううん。泣くまでケンカしたのは、中一の時に一回だけ」

「じゃあ、今日は三年ぶりの大ゲンカ？」

「違うの。今日は私が勝手に泣いただけ。流瑠はべつに悪くないし、ケンカじゃないよ」

「え？」

「なんかさびしくなっちゃったの。流瑠の隣にいるのが当たり前だったのに、そうじゃなくなる日が来るんだなぁって思ったら」

「……」

「中一の時のその大ゲンカ以外に私、流瑠に泣かされたことなんてないんだ。逆だよ。いつも泣きやませてくれるの」

「……」

「部活で辛い時も、友達とケンカした時も、親に怒られた時も……流瑠はいつもそばにいて泣きやませてくれた」

いっぱいいっぱい話を聞いて、励ましてくれて、そして充電してくれた。

「……そっか、でもそんなに仲がいいのに、中一の時はいったい何があったの？」

最近よく思い出していたあの時のケンカ。

「何が原因だったのかはわからないけれど、流瑠が急に私に冷たく当たるようになったの」

「今の大石くんからじゃ想像できないね」

「うん。私が話しかけたらイヤな顔するし、部屋に遊びに行ったら『帰れ！』って言うし。流瑠のママさんは、『流瑠は反抗期だから気にしないでね』って言ってたんだけど……」

だから、気にしないようにしていた。

どんなに冷たくされても、私は普通に接していた。でも、何日待っても流瑠は以前の優しかった流瑠には戻ってくれなかった。

冷たくされるたびに、どんどんさびしさがつのっていって。

「私もう我慢できなくなって、流瑠に思いっきり文句を言ってやったの。そしたら言われたの……」

あの日、流瑠に言われた言葉は……。

『桜！　いったいいつまで俺につきまとうつもりなんだよ！　本気でうっとうしいんだよ、お前！』

今の流瑠からは想像できないけれど、あの日の流瑠はたしかにこう言ったんだ。思い出すと胸が痛い。

「相澤さん？　なんて言われたの？」

「あ、うん……結構きついこと言われたんだ」

「そっか」

その言葉に傷ついて私は泣いた。

流瑠の前で子どもみたいにわんわん泣いた。

泣いている私を流瑠は呆然と見ていたよね。

その日以来、流瑠は普段の優しい流瑠に戻って……ううん、前よりも私に優しく接してくれるようになった。

あぁ、そっか。

もしかして私があんな大泣きしちゃったから、傷つけた責任を感じたのかな？　だから、前より優しくなったの？

あの言葉はあれ以来、流瑠に言われたことはない。でも、私の心の中にはしこりが残ったまま。

今でもそう思われているのであれば……。

今でもそう思っているのだったら……。

「大丈夫？　相澤さん」

「あっごめん。ボーッとして」

「それはいいけど、そろそろ帰ろうか？　暗くなってきたし。家まで送るよ」

上坂くんはそう言いながら優しく笑いかけてくれる。それはなんだか、とても安心できる笑顔だった。

流瑠以外の男子の笑顔でこんなに安心できたことってあったかな？　なんて、ぼんやりとそんなことを考えた。

「ありがとう。でももう平気だよ。ひとりで帰れるから」

「そうかな？」

「帰れるよ。もう元気元気！　さぁ！　駅までは一緒に行こう！」

身振り手振りで元気をアピールする。

まだ、気持ちは晴れないけれど、上坂くんに迷惑をかけるわけにはいかないから。

「だから、そっちは駅じゃないってば！　それに、何か大事なこと忘れてない？」

「え？　忘れてるって？」

「やっぱり忘れてるし、なんならもう一回、鏡を見てみる？」

「あっ⁉　きゃあぁ！　忘れてたっ！　見ないでぇ！」

「ホントにほっとけないや、相澤さん。おもしろいし」

上坂くんが大きな声で笑う。

「お、おもしろいって⁉　それ、褒め言葉じゃないでしょ、上坂くん」

私も上坂くんにつられて笑っていた。

「褒めてるんだよ。かわいいなってこと」

「……また、そういうことを言う」

言われ慣れない言葉をまた言われて、動揺を隠せない。

「相澤さんはかわいいよ」

「そんなわけないでしょ？　それに、今はこんな顔なのに」

「まぁ。今は笑えるけどね」

「ひっどーい！」

いつの間にか笑っていて、ほんの少しだけ元気になっていた。

鏡の中の自分を見る。薄くつけていたマスカラは今日の涙で、まつげにはまったく残っていなかった。

目のまわりについたそれを拭き取り、ふとバッグを覗く。

電源を切ったままのスマホ。

鳴ることを恐れたんじゃなくて、鳴らない現実を知ることを恐れて切ったそれは、静かに眠っていた。

すっかり日が沈んで、星空になった帰り道。

隣で上坂くんが笑っている。

結局「ほっとけない」と言って、断る私に耳も傾けず送ってくれている。

少し強引だったけれど、感謝している。

上坂くんと他愛ない話をして笑っていたら、少し元気を取り戻せたから。

きっと明日は流瑠に普通に接することができる。

あのふたりが一緒にいるところを見ても大丈夫だよね。

きっと、たぶん。

「相澤さんって好きな人いる？」

我が家まであと少しのところで、いきなり上坂くんが聞いてきた。

「えっ⁉　何？　急に？」

「いや、そういえば、聞いてなかったなと思ってね」

上坂くんは好きな子がいるって教えてくれたっけ。

好きな人？

ふと、流瑠の顔が浮かぶ。

それをかき消すように、頭をブルブル振った。

「私はいないよ、好きな人」

小さな小さな声しか出ないことに驚いた。

「そっか。よかった！」

「よかったってなんで？」

普通は「好きな人いるよ」で「よかったね」じゃないの？

「なら、なんの問題もないね」

年ごろの女子に好きな人がいないほうが問題じゃないの？

上坂くんを見上げながら首をかしげてみると、上坂くんは私の両肩をガシッと掴んできた。

「僕と付き合ってみない？」

掴まれた肩と、言われた言葉に衝撃を受けて、脳内がフリーズしていく……。

「付き合ってほしい」

「ええっと、あの？」

「なんて顔してるの？　相澤さん。まさかとは思うけど、この期に及んで『どこへ付き合ったらいいの？』とか、とぼけたこと言わないよね」

「言わない……言わないけど……えっ……」

男の子にこんなふうに言われたのは初めてだから、今自分の身に何が起こっているのか処理できない。

「僕、好きな人ができたって言ったでしょ。あれは、相澤さんのことだよ」

「私のこと……」

「好きだよ。だから僕と付き合ってほしい」

「あ、えっと……」

「今すぐ返事はしないで。相澤さんが僕のこと、友達としてしか見ていないのはわかるから」

好きとか？　付き合うとか？

「でもこれから、僕を友達としてではなく、ひとりの男として見てほしいんだ。今、好きな人がいないんだったら、何度かデートとかしてみない？　その時に、僕のことを彼氏にしてもいい男なのか、見定めてくれていいから」

今、上坂くんに告白されているのに、〝好き〟とか、〝デート〟って言葉を聞いて、頭に浮かぶのは流瑠の顔ばかりで。

いつの間にか考え込んでうつむいていた私の頬に、上坂くんの手が触れる。

びっくりして顔を上げると、私の頬にそっと手を置いたまま上坂くんが言った。

「返事はまだ、言わないでって言ったよ。絶対僕のことを好きにさせてみせるから」

とても優しい笑顔で見つめられて、恥ずかしくなって、顔が熱くなっていく。

固まったまま動けなくなったその時だった。

上坂くんの手が、ものすごい勢いで誰かに掴み上げられた。

驚いて見上げた視線の先には、怖い顔をした流瑠が立っていた。

「桜にさわんな！」

流瑠がいることに驚いて、目を大きく見開いた。

「今ごろ出てきて、ずいぶんな言い方だよね」

自分の手首を掴む流瑠の手を払いのけて、上坂くんが流瑠に噛《か》みつく。

「桜こっち来い！」

「……わっ⁉」

流瑠は私の腕を引っ張って、自分の背中に隠した。

心臓がバクバクしている。

流瑠のあんな怖い顔は今まで見たことがない。

これまで何度もケンカだってしたけれど、そのたびに見てきた怒った顔なんて比べ物にならない。

でもこれって、私を守ろうとしてくれてるの？

「大石くん。僕は相澤さんと話してるんだけど、邪魔しないでくれる？」

「馴《な》れ馴れしく、さわんなって言ってるんだよ！」

「へー。何様のつもり？　なんで自分はよくて僕はダメなの？　言っとくけど、君と僕になんの違いもないはずだよね？　自分の立場を勘違いしてるのは、そっちなんじゃないの？」

流瑠の背中が強張るのがわかった。

「相澤さんが僕とどうしてようと、彼女の自由だと思うけど？　彼女は今、僕と喋りたいから喋ってた。一緒にいたいから一緒にいた。ただそれだけだよ。大石くんが口を出すのはおかしいだろ？」

流瑠を見上げる。

少し見えた横顔には、さっきの怖さはなくなっていて、代わりに、困惑しているような、苦しそうな表情に見えた。

私の胸もグッと苦しくなる。

流瑠にそんな顔をさせたくない。

気がつけば私は流瑠の前に飛び出していた。

私を守ろうとして、そんな顔することないよ。

「桜？」

『なんだか流瑠くんって相澤さんの保護者みたいね』

私を守ることは、べつに流瑠の義務じゃない。

流瑠……あなたの頼りない幼なじみは、きちんと自立するから。

「もうやめて上坂くん。流瑠は関係ないよね？　私、上坂くんの〝言ったこと〟真剣に考えてみるから」

上坂くんが私の目をジッと見ている。

私も負けないように上坂くんを見た。

これ以上、流瑠にあんな顔をさせられないと私は必死だった。

「わかったよ相澤さん。でも、大石くんにこれだけは言っておく」

「上坂くん、もういいでしょ?」

お願いだから、もうこれ以上、流瑠に何も言わないで。

「桜、俺も上坂の話を聞いておきたいから」

「……でも」

「心配してくれてるの? ありがとな。桜が心配することじゃないから。俺と上坂の話だから。な?」

流瑠が私を諭すように笑顔で言う。

「じゃ、遠慮なく。相澤さん悪いんだけど、ちょっとここにいて」

そう言って上坂くんは、流瑠を連れて私から少し遠ざかった。

ここからじゃ、ふたりの声は聞こえない。

流瑠に上坂くんが何か話している。暗くて、流瑠の表情も見えない。何を話しているんだろう?

私は落ちつかなかった。

でも話はすぐに終わったようで、上坂くんが流瑠から離れる。

そして、上坂くんがこちらを振り返った。

「じゃあ、相澤さんまた明日ね！」

「う、うん。今日はありがとう」

流瑠と話し終わった上坂くんはそう言って帰っていった。

流瑠が私のほうに戻ってくる。

――ドクン、ドクン、ドクン……。

そして、私の目の前に立った時、街灯に照らされたその表情が見えた。

ねえ、なんて顔をしているの？

その傷ついているように見える目に、私まで胸がギュッと痛んだ。

「ね、ねぇ、上坂くんと何を話してたの？」

告白のこと聞いちゃった？

流瑠に告白のことは言いたくない。でも、上坂くんが言っていたら……。

「うん。桜が気にするようなことじゃないよ」

「……」

どうして隠すの？

怪訝な顔をする私に今度は流瑠が言う。

「それより、桜は今まで何してたんだよ？」

「え？」

「スマホの電源切ってるだろ？　話し中かと思ったら、すぐにつながらなくなって、そのあと何度かけてもつながらねぇし」

話し中？　早苗との電話の時、かけてくれていたんだ？

「ご、ごめん」

「あんなふうに桜を行かせたから。俺、あのあと、先輩に言って抜けさせてもらって、桜のこと探しに行ったんだ。だけど、桜は見つからなくて、北条に聞いたら別々に帰ることになったって言うし、家にも帰ってないし、こんな時間まで帰ってこねぇし」

「……」

「心配したんだからな」

「ごめんなさい。スマホの充電切れちゃって」

私、今、ウソついた。

流瑠は、私を探すために打ち上げに行かなかったの？

「なぁ、あれからずっと上坂といたの？」

ずっとじゃない。でも、そう言ったらきっと「何してた？　どこにいた？」って聞くよね？

泣いていたのは、バレるわけにはいかない。

「う、うん。偶然会っちゃって」

思わず目線を逸らして返事した。

私また流瑠にウソをついてしまった。

「そっか……」

私と流瑠の間に沈黙が訪れる。

気まずい空気が流れる中、沈黙を破ったのは流瑠だった。

「桜、おまえは、雪見がされてたみたいなイヤがらせとかはされてないの？」

流瑠を見上げる。真剣な顔に胸が騒ぐ。

「うん、私は全然されてないよ」

私は、そんなことされないよ。

「ホントに？」

「ホントだよ」

「そっか、よかった……」

流瑠の緊張していた顔が緩み、安心した笑顔になる。

その笑顔に目が奪われて、無意識に胸元を握りしめていた。

「あの時、聞こうとしたのに、聞けなかったから心配してた。でも、何もなくて安心した」

大丈夫だよ。私は。

みんなは私たちをそんなふうには見ていないから。

みんな、ちゃんとわかっている。

流瑠と私は兄妹みたいなもので、流瑠は私の保護者みたいなものだって。

私と雪見さんは決定的に立場が違う。

こんなに流瑠と一緒にいるのに、私は流瑠のファンの子たちの〝標的〟になることはない。

それは、流瑠と私が、〝恋に発展する可能性のないふたり〟だからでしょ？

恋という言葉に、胸がざわめく。

イヤだ、ダメ、やめて。

それを認めたら、私はきっと深く傷つくことになる。

「桜？　元気ないよな？」

その言葉でハッと我に返る。

どうしよう。流瑠の顔が見られない。

「そ、そんなことないよ。ちょっと疲れただけ」

「そっか」

流瑠の目線を感じる。

何もかも見透かされそうで怖い。

「……ねぇ流瑠、雪見さんのことはどうなったの？」

動揺しながら、つい口にした質問に自分でもびっくりした。

聞きたいけど、聞きたくないのに。

「あぁ、うん。少しの間は、俺も雪見のこと気にしてみるようにする。でも、それ以上は……」

「そっか、よかったね！　流瑠がついてたら雪見さんも安心だよね！」

流瑠の言葉にかぶせて、流瑠の顔を見ないで言った。

『守ってあげなよ』『そばにいてあげて』って、私が言ったことなのに……。私、最低だよ。

だって、心は『よかった』なんて、これっぽっちも思っていないし、流瑠が雪見さんと一緒にいる時間が増えるのをイヤだなって感じている。

雪見さんは泣くほど苦しんでいた。それなのに、私はこんなふうに考えているなんて最低だよね。

こんな汚い心では、流瑠に軽蔑されてしまいそう。

再び私と流瑠の間に訪れていた沈黙の中、梅雨の湿った空気が、私の心をも湿らせていく。

「やっぱり気になるから教えて。さっき上坂くんと何を話してたの？」

ずっと気になっている。

「いや……」

ほら、またそんな顔をする。

いったい何を言われて、そんなに傷ついているの？

「上坂くん、なんて言ったの？」

「なぁ、そんなに気になる？　上坂のこと？」

質問に質問で返されてびっくりした。

上坂くんのこと？

「上坂くんの言ったことは気になるよ？」

そんな顔するから気になるんだよ。

少しの沈黙のあと、流瑠が静かに、でもはっきりと言った。

「本当に大したことじゃないんだ。でも……」

流瑠が私に一歩近づいて、私を見つめる。

私も流瑠を見つめ返した。

「どんなにカッコ悪くあがいたとしても、絶対に手放さないよ」

その目は今まで私が見たこともないほど、切なげに揺れていた。

「ねぇ、流瑠。それどういうこと？　教えて？」

焦って聞き返す私の頬に、流瑠の手が優しく触れる。

ドキッと胸が跳ねた。

さっき上坂くんが触れていたほうの頬。

こんなふうに私の頬に流瑠の手が置かれることなんて、今までなかった。

温かい大きな手。瞳の奥に感じる温かさも交わって、心地よく包み込まれていく、そんな感じがした。

「桜にはわからないことだよ。俺だってどうしたらいいのかわからない」

そう言って流瑠は切なげな目のまま、ほほえむから、私は頬に触れた流瑠の手に自分の手を重ねた。

何も言わなくても流瑠には通じる。

流瑠は私のもう片方の手を取り、指を絡ませるようにギュッと握った。

私もその手を握り返す。

〝充電〟

『桜にはわからないことだよ』

流瑠のことでわからないことなんてないって、ずっと思っていた。

でももう、なんでも言い合える子ども同士じゃない。

お互い知らない気持ちがあるのは当たり前。

言いたくないことは言わなくなるし、隠すためのウソだってつく。

流瑠もきっとそう。私だっていつの間にかそういうことができるようになっている。

でも、それをさびしいと思う気持ちも、何もかも知っていたい、何もかも話したい、そんな気持ちもあって……。

流瑠から離れられない私は、まだまだ子ども。

そんなんじゃ、いつまでたっても流瑠は私のことを、妹のようにしか見てくれないんじゃないかな？

『うっとうしい』って思われたくない。

『保護者』って言われたままじゃイヤだ。

もしかしたら、人が通るかもしれないこの道で、私たちは充電をしている。

もし誰かに見られたら、変に思われる。そう思っても、私はこの温もりから離れられなかった。

だから私は、この温もりを守るために、ゆっくりと口を開く。

「流瑠はいつも、私を気にかけて助けてくれるでしょ。今日も、私が上坂くんに何かされてると思って守ろうとしてくれたんだよね？　うれしかった……でも」

「……でも？」

「私を助けることを幼なじみの義務とか思わないで。私ももう子どもじゃないし、ひとりでも大丈夫だから、あのね……」

頬に触れた流瑠の手がピクッと反応したのを感じた。

「……それってどういう意味？」

「え？　どういう意味って？」

流瑠の手が私から離れていく。

雨を予感させる湿った風が、居心地悪く私たちを包む。

「あれ？　ふたり揃って何してるの？」

そう声をかけられて振り向くと、家に帰ってきた藍ちゃんが立っていた。

「何？　空気悪くない？　ケンカでもしてたの？」

「……そんなんじゃねぇよ」

そう言って流瑠が家のほうに歩いていく。

「流瑠？」

さっきより沈んだ表情になっていた流瑠に、おそるおそる声をかける。

「帰ろう、桜。おじさんもおばさんも、すごく心配してたから」

私の顔を見ないで流瑠がそう言った。

『相澤さんのお父さんやお母さんが、流瑠くんに面倒見てって頼んでるの？』

「……お父さん、お母さん……か」

胸が痛い。

「そうだよ、帰ろう。優しい藍ちゃんがケーキ買ってきたから、みんなでうちで食べよう。おじさんたちに言ってから、うちにおいで桜ちゃん」

「ごめん藍ちゃん、今日はいいや。疲れたし明日学校だからもう寝るね」

「えーそうなの？　ってか、桜ちゃんがケーキ食べないなんて、大丈夫？　熱あるんじゃないの？　ねぇ、流瑠！」

「……」

ポツポツと雨が降り始めた。

濃くなっていく湿った匂《にお》いが、私の鼻の奥をツンとさせた。

『私ももう子どもじゃないし、ひとりでも大丈夫だから、あのね……』

〝私をひとりの女の子として見てほしいの〟

言いたかったけれど言えなかった言葉。

この日は、眠れない夜を過ごした。

君が好き……

ベッドに寝転がったまま、ボーッとカーテンの閉まっている窓を眺める。

いつの間にかその隙間から明るさが漏れてきている。

昨日の夜の大雨がウソみたいに、キラキラ眩しい光が差し込んでいた。

「……少しは寝たのかな？　私」

布団に包《くる》まりながら呟いた。

昨日、流瑠と別れてからすぐに、お風呂に入って、ベッドに潜って、それから……。

まっ暗なベッドの中で、昨日あったことをぐるぐる思い返していた。

まっ黒な景色の中、現実で考えていることなのか、夢として見たものなのかわからないくらい、ぼんやりとした感情の中にいた。

そして今、気がつけば朝。部屋から出て階段を下りる。

キッチンから温かい、いい匂いがしてくるけれど、今日ばかりはそれにも心が弾まなくて……。

「あら、桜？　おはよう！　早いわね」

リビングへのドアを開けると、キッチンからお母さんが顔を覗かせる。

「おっ！　桜おはよう！　今日は学校早いのか？」

朝ごはんを食べているお父さんのテンションは、無駄に高い。

「おはよう。ちょっと早く目が覚めただけ」

お父さんの声に反比例して、私のテンションは低い。

キッチンでミルクティーを入れてイスに座る。

「なんだ？　桜！　元気ないな？」

「……そんなことないよ」

マグカップに入れたミルクティーを見つめながら、テンションが上がらない声でそう答えた。

「そういえば、昨日、流瑠くんのサッカーの試合だったんだろ？　どうだった？　活躍してたか？」

こんな日に限って、一発目から流瑠の話題って……。

「……うん。まぁね」

お父さんには申しわけないけれど、これ以上、掘り下げて話したくない私は適当にそう答えた。だけど、お父さんの流瑠話は止まらなかった。

「一年でレギュラーだろ？　すごいよなぁ。そりゃあファンクラブもできるなぁ」

「……」

「最近見るたびに背は高くなっていくし、見かけよりもじつはがっちりしてるし、いいやつだし、何よりあの顔だ。そりゃあモテるよな」

「……」

「なぁ、流瑠くんは本当に彼女いないのか？　あれほどの男を、女の子たちはほっとかないだろ？」

「……」

「あ！　桜はまだ彼氏とか作らなくていいぞ。なんなら一生作らなくてもいいからな。今は、変なムシがつかないように流瑠くんにしっかりボディガードしてもらわないとな！　はっはっは～」

「……お父さん今なんて言った？」

ピクリと眉を反応させて、お父さんをギロリとニラむ。

「え？」

「お父さん……流瑠に、私のボディガードをしてくれみたいなこと言った？」

「あ、えぇっと。……言ったかもしれない、かな？」

曖昧なお父さんの言葉を聞いたお母さんが会話に入ってくる。

「お父さんは酔うといつも流瑠くんに言うじゃないですか。『桜のボディーガードを頼む』って」

「ははは！　言ってたみたいだ！」

やっぱり、そうだったんだ！

雪見さんが予想したとおり、お父さんが言ってたんだ！

「お父さん！　今度、流瑠にそんなこと言ったら嫌いになるからね！」

私の大きな声を聞いて、お父さんもお母さんもその場で固まった。

「き、き、嫌い!?　さ、さ、桜ぁ？」

「お父さん。まだ嫌われてないみたいで、よかったじゃないですか。桜も年ごろですから、気を落とさないで下さいね」

そんなお母さんの声に小刻みに頷きながら動揺するお父さんに背を向け、私は二階に駆け上がった。

自分の部屋に駆け込んでドアを閉める。

今のは完全に八つ当たり。お父さんが流瑠に何を言おうが、私さえしっかりしていれば、流瑠に保護者みたいなことをさせないで済むのに。

今までは、流瑠に甘えるのが当たり前で、私がどれだけ流瑠に助けられてきたかなんて、あんまり考えてこなかったけれど。

こけそうになれば助けてもらって、試験の前には勉強を教えてもらって、宿題はやってもらって、自分が遊びに行きたくなったら、無理にでも引っ張っていって、へこんだ時は話を聞いてもらって、充電してもらって……。

これだけじゃない。

数え上げたらキリがない。散々甘え尽くした気がする。

「私、まだまだガキだね……」

そうひとり言を呟いた時、流瑠の家の玄関ドアの開く音がした。

カーテンの隙間からそーっと外を見ると、流瑠の姿が見えた。

「……流瑠」

そっか、今日は朝練の日だもんね。雪見さんも来るんだよね？

マネージャーだもん……当たり前か。

今日からふたりはずっと一緒にいたりするのかな？って、またこんなことばかり考えているよ。

しっかりして！　私!!

上からぼんやり流瑠を眺めてそんなことを考えていると、我が家の前で流瑠が足を止めて、私の部屋を見上げた。

「わっ！」

思わず顔を引っ込めた。

び、びっくりした！　急に見上げるんだもん。

見ていたの、バレていないよね？っていうか、なんで隠れたのよ。

目が合ったら、カーテンを開けて「おはよう！」って手を振ればよかったのに、いつもみたいに笑えばよかったのに。

普通に接する自信が今はない。

でも、流瑠はどうして私の部屋を見上げたんだろう？

はぁ……わからない。本当にわからない。こんなに流瑠がわからないなんて、生まれてから初めてかもしれない。

ふと、全身鏡が目に入ってそこに映る自分を見た。

中学生……ううん、下手をしたら小学生に間違えられるかもしれない幼い顔と、残念なほど胸のない幼児体型。

中身だけじゃなく、顔も体も子どもだよね。

大きなため息が漏れる。

雪見さんみたいにキレイでかわいくてスタイルのいい人が流瑠と並ぶと、とても様《さま》になっていた。

「……学校行きたくない」

また一気にブルーになる気持ちを抱えながらも、こんがらがっていた感情が心の中で少しずつ整理されていくのを感じ始めていた。

くっきりと浮かび上がってこようとしているそれに、思いっきり戸惑いを感じながら……。


ボーッと電車に乗ってボーッと歩いていたら、いつの間にか学校に辿りついていた。

寝不足のせいなのか、あまり頭が働いていない気がする。

今日は授業なんて頭に入んないよ。きっと。

「さぁーくらぁぁぁぁぁ！」

教室のドアを開けた途端、私の名前を叫びながら突進してくるのは、早苗。

「え!? なに、何？　早苗ってば怖いよ……」

「怖いじゃないわよ！　昨日あれから何してたのよ!!」

「え……あれからは……帰った……けど？」

いろいろ説明するのは避けたくてウソをつくと、早苗はわかりやすくキレた。

「ウソつくんじゃないわよっ！　大石から『桜と連絡が取れない』って何度か電話があったのよ。心配したんだからね！」

「ご、ごめん。本当にごめん！」

「夜になって、大石から『帰ってきた』ってメールもらって安心したけど、それからも何度スマホにかけてもつながらないし……いったいなんなの？　何かあったの？」

スマホの電源を入れるの忘れたままだった。

ものすごく心配してくれていたんだ、早苗。

「本当にごめんね……」

何をどう、どこから説明すれば……。

考え込んでいた私の肩を誰かがポンと叩いた。

「おはよう。相澤さん。北条さん」

それは上坂くんだった。

「あ、上坂くん、昨日はごめんね。帰り遅くなったでしょ？」

「ううん。大丈夫だよ。それより安心した。相澤さんが、これまでどおりに接してくれて」

上坂くんがニコニコ笑っている。

「ん？」

普段どおりって、あっ⁉　私、上坂くんに告白されていたんだった！

「……まさか、忘れていたわけじゃないよね？」

「ま、ま、まさか！　だよ！」

上坂くんの言葉に動揺しながら言い訳を始めた私の肩を、早苗が掴んだ。

「桜、どういうこと？　何がどうなってんの？　さぁ！　全部吐きなさい！」

刑事口調になっている早苗は、私の肩を掴んで力一杯ぶんぶん揺すった。

「わかった！　わかったから！　早苗、離してぇ！　でも、今はちょっと……」

上坂くんがいる前で、「昨日、この人に告白されました」なんて言えるわけがない。っていうか、親友と言えど、こんなことベラベラ喋っていいのかな？

何せ経験がないから、どうすればいいのかわからない。

困り果てた私の肩に手を置き、耳元でささやいてきたのは上坂くん。

「北条さんの前で変なこと言ってごめんね」

「わっ!?」

ち、近い!!

一瞬、抱きしめられるのかと思ったほど、その距離が近かった。

早苗はびっくりして声も出せないのか、口をパクパクさせている。

そんな私たちに、ニッコリ笑顔を残して、上坂くんは自分の席に戻っていった。

「な、なんなの！　今の感じ」

上坂くんの行動に、私より動揺している様子の早苗。

早苗の本格的な追及が始まろうとしたその時、こちらも動揺した様子でマサくんが教室に駆け込んできた。

「なぁ！　相澤、何があったんだ⁉」

私たちのところに駆け寄るや否や、「おはよう」のひと言すらなくマサくんがまくしたてる。

「え？」

「『え？』じゃねぇ！　昨日何かあっただろ？」

なんで知ってるの？と動揺する私に、身を乗り出してくるマサくん。すると、早苗はマサくんの肩を掴んで怒り始めた。

「ちょっと！　マサ！　割り込んでこないでよ‼　わたしだって昨日何があったのか聞き出そうとしてたんだからっ！」

「うるさい早苗！　こっちは一大事なんだよ！　流瑠がおかしいんだよ」

「大石がおかしい？」

「今朝から変なんだよ。昨日は『桜を探してくる』って言って打ち上げにも行かずに帰っただろ。何事だよと思ってたら、朝練のあの様子だよ」

「朝練で流瑠に何があったの？」

心配で早口になっている私に、マサくんが真剣な顔で話し出した。

「流瑠がボールを顔面に受けたんだよ！　しかもな、練習中のふわーと飛んできた緩い玉をだよ！　あんなもん小学生女子でも避けられる」

早苗が目を見開いてびっくりしている。

「昨日、大活躍のあの大石が、顔にボール⁉」

「そう、そう」

ウソ……。何をやっても器用にこなす流瑠が、私がやりそうな、そんな失敗を？

「あいつ、ボーッとしてたんだよ朝から。様子がおかしいなとは思ったんだけど。あんな、抜けたあいつを見るのは初めてだぞ！　な、一大事だろ？」

「ねぇマサくん。流瑠、ケガしてない？」

「あー大丈夫。ちょっとおでこが赤くなっただけだから。相澤、流瑠とケンカでもしたのか？」

「ううん、してないよ」

ケガをしていないって聞いて安心した。

「じゃあ。なんであいつ、あんなにおかしいんだろ？」

「……さぁ、なんでだろうね？」

昨日、勝手に泣いたり悲しくなったりしたのは私で、流瑠とケンカなんてしていない。私が泣いていたのも、流瑠は知らないし。

流瑠がおかしいっていうのであれば、上坂くんに言われたことか、雪見さんのことを気にしているからじゃないかと思う。

たぶん……雪見さんのほうかな？

「あいつがおかしくなるなんて、相澤以外のことで考えられねーだろ？」

「何それ？　そんなことないよ。原因は別のことかもしれないでしょ？」

「えー？」

「ほら、恋わずらいとかかもしれないでしょ？」

思わず口にした自分の言葉に、自分で傷ついてしまった。

「俺も思った、恋わずらいじゃないかって！　だからやっぱ、相澤が……イテっ!!」

早苗がマサくんの頭をはたいてニラむ。

マサくんは我に返ったように真っ青になって、自分の口をふさいだ。

「え、私が何？」

首をかしげる私に、マサくんがフルフルと首を横に振っている。

「あ、相澤……違うんだ……いや違わないけど、違う……っていうか……なんていうか？」

「マサ！　もう何やってんのよ！　わたしが今までどれだけ言ってやりたいのを我慢してきたと思ってんのよっ！」

心臓がイヤなリズムを刻む。

「……ねぇ、流瑠って好きな人いるの？　私、知らなかった」

そっか、いたんだ好きな人。

もう十五歳だもん。普通はいるよね？

いったい誰なんだろう？

胸が締めつけられて、ふたりの声が耳に入らなくなった。

「桜、なんか勘違いしてない？」

早苗がマサくんの腕を引っ張りながら言う。

「えぇぃ！　もう面倒だから、聞いてしまえ相澤！　気になっていることは全部、流瑠に聞いてしまえ！」

マサくんが叫んだと同時にガラッと教室のドアが開いて、その音に反応して目線を上げる。

そこには流瑠が立っていて、目が合ってしまった。

魔法にかけられたみたいに動けなくなる。

流瑠もドアに手をかけたまま、なぜか立ち止まっていた。

一瞬、止まった空気は、流瑠のうしろから現れた人影に寄ってまた動き始めた。

「あ、おはよう！　相澤さん！」

雪見さんだった。

私を見つけた雪見さんは、流瑠の腕を掴んでこちらにやってくる。

「……おはよう」

私は雪見さんに腕を掴まれている流瑠の顔を見られなかった。

「相澤さん、昨日はありがとう。お陰で少し解決しそうで元気になれたよ」

「そっか……よかったね」

そう言いながら口角を頑張って上げたけれど、胸はチクリチクリと痛くて仕方ない。

不意に流瑠と目が合った。流瑠は、雪見さんの手をほどいて自分の席に座る。

「おはよう、桜」

「あ、うん。おはよ」

まっすぐ見つめられて目線が泳ぐ。

そんなに見つめないでよ。

何か話せばいいんだけれど、言葉が出てこない。

朝のショートホームルームを知らせるチャイムが鳴り、マサくんが教室から出ていく。

早苗と雪見さんは席に戻って、私も、流瑠に背を向け席に座った。

「目、赤いけど？　昨日、寝てないの？　泣いたの？　どっち？」

背中から聞こえたその声に、思わず振り返る。

何もかも見透かすような目で見つめられて目線が泳いでしまう。でも、流瑠の目もいつもとは少し違って見えた。

「流瑠こそ寝てないんじゃないの？」

聞いたんだから、朝練の時のこと。

視線を前に戻しながら言ったその言葉が、流瑠に届いたかどうかはわからない。

流瑠の質問に答えないまま、流瑠も質問に答えてくれないまま、ショートホームルームが終わり、授業開始を伝えるチャイムが鳴った。


「相澤っ！　大石っ！　いい加減起きろ！　授業中だぞ」

「ヤバっ！　桜！　起きろって！」

「んーわかったー。じゃあ流瑠、充電してー」

「ちょ、おい桜、なに言って……」

「ん？」

……あれ？　何？　ここ教室？

「何が『充電してー』だ！　スマホの夢でも見てたのか、お前は！　相澤は英語の時間に寝てられるほど余裕はないはずだぞ！　熟睡していた相澤、大石は、休み時間に職員室に来い！」

先生の怒鳴り声で完全に目が覚めた。

授業中に、しかも一番前の席で、さらに一番苦手な英語の時間に爆睡していた。
『充電してー』とか、言っちゃったの？　私。
どうしよう、恥ずかしすぎる。
流瑠も聞いていたんだよね？　っていうか、流瑠も寝ていたの？
そーっと流瑠を振り返ると、顔をまっ赤にした流瑠が「バーカ」と小声で言った。

授業後、職員室に連れていかれて、ふたりして英語の先生にこってり絞られた。
中間の成績が最悪だったことを蒸し返され、『昨日はふたりで仲よく夜更かしか？』
とイヤな冷やかしを受け、『充電、充電って、今時のやつらはスマホ依存症で困る！』
と何度も言われた。
やっと先生から解放されて職員室を出た瞬間、流瑠がプッと噴き出した。
「完全に勘違いしてたな！　先生」
笑いが止まらない様子の流瑠。なんだか私も笑えてきた。
「うん。『充電』をスマホの充電だと思い込んでたね」
ふたり、顔を見合わせて大笑いする。
流瑠の笑顔を見たのが、なんだかすごく久しぶりに思えた。
よかった、いつもの私たちに戻れたかも。

「流瑠、教室戻ろう」

「桜、待って」

手首を流瑠に掴まれた。振り向いて流瑠の顔を見ると、柔らかく笑うその表情が目に入って、胸がトクンと跳ねた。

「授業、サボろっか？」

「えぇっ!? なに言ってんの流瑠」

「先生も言ってただろ。『そんなに眠いなら寝てから授業に戻れ』って」

「うん言ってはいたけど、それは……」

「屋上に行こ」

「先生は保健室で寝ろって言ったんだよって……わっ！　流瑠っ！」

流瑠は私の言葉を無視して、手首を掴んだまま階段を上り始めた。

「急げ、桜！　先生が来る前に逃げるぞ！」

「えぇっ!? ちょ、ちょっと流瑠！　本気なの？」

なんだかんだ言いながらも、抵抗もせずについていく自分に少し笑ってしまう。サボるなんて大それたことを実行しようとしているのに、なんだか今、すごく楽しいから。

四階に差しかかったころ、早苗が階段のところで待っているのが見えた。

「ふたりのこと待ってたんだけど、おやおや？　青春中でしたか？」

「北条、悪い！　サボってくる」

流瑠が早苗にそう言ったけど、いやいや無理だよ。ああ見えても絵に描いたような優等生の早苗が、「はい、わかりました」なんて言うわけないもん。

「ＯＫ！　先生には保健室に行きました。って言っとくわ」

え⁉　いいの？

「悪いな！」

「貸し一だからね！　大石！」

早苗は流瑠にそう言ってから、私の耳元で「昨日やっぱり何かあったんでしょ。〝じゃれ合って〟仲良しに戻っておいで」と言って私の背中をポンと押してくれた。


屋上は、吹き抜ける風がとてもとても気持ちよかった。

梅雨の晴れ間の空は、抜けるようにまっ青で、眩しくて、少し目を細める。

流瑠と私は、隣に並んで座った。

今まで掴まれていた手首が熱い。

何も喋らなくても心地のいい空気がふたりの間を流れる。

この空気に包まれたまま、寝てしまいたい。そして、心に潜むモヤモヤが全部、溶けてなくなってしまえばいいのに。

「いいのかな、本当にサボっちゃったね」

「今日だけは特別ってことで」

顔を見合わせて笑い合った。

あぁ、やっぱり、流瑠の隣はいいな。居心地がよくて、あったかい。

ひそかにうれしくなってしまった私の中に、イタズラ心が芽生えてくる。

「あれ？　流瑠のおでこ、赤くなってない？」

「えっ!?」

流瑠の顔が赤くなって、慌てておでこを押さえている。

もちろんマサくんから聞いているから、なんで赤くなったかは知っているし、本当は、もう流瑠のおでこの赤みは治っている。だけど、動揺する顔が見たくてウソを言ってみた。

いつものイジワルの仕返し。

「な、なんでもねぇよ。さっき寝てた時に赤くなったんじゃねぇか」

「ふーん。今朝はもう赤くなってたけど？」

「そ、それは、桜の見間違いじゃ……」

「あははっ！　流瑠のウソつき！　理由はマサくんから聞いてるもんね」

「マジかよ、マサのお喋り……」

「顔にボールが当たったんだって？　流瑠にそんな鈍くさい面があったとは」

「桜、お前、笑いすぎ！」

大笑いする私。流瑠は恥ずかしくなったのか、まっ赤になってそっぽを向いた。

「ごめん、ごめん、もう笑わないから。ちょっとおでこ見せて。うん、もう大丈夫そうだね」

指で額に触れる。

「っ!?　イテっ!!」

流瑠が痛がって額に手を当てながらうずくまったから、私はその声に驚いて、慌てて手を離した。

「わっ、ごめんね。優しくさわったつもりだったんだけど……ごめん。ごめんね、流瑠？」

「ウソだよ。びっくりした？」

「なっ、騙《だま》したのー？」

痛そうにしていたのが一転、無邪気に笑う流瑠を見た私の心臓がうるさい。

静まれ……静まって。

聞こえてしまうんじゃないかと思うほどの鼓動を響かせながらも、流瑠から目が離せない。

いつの間にか、真顔になった流瑠と目線を逸らせないまま沈黙が流れた。

〝昨日眠れなかったのはどうして？〟

〝雪見さんのことどうなった？〟

〝好きな人いるの？〟

流瑠に聞きたいことが頭の中を駆け巡る。

「「あのさ……」」

私たちの声が重なった。

「あ……桜から言っていいよ」

「いやいや、流瑠からどうぞ」

譲り合って、また沈黙になる。

その沈黙を破って、先に口を開いたのは流瑠だった。

「あ、うん。あのさ……」

「うん？」

「やっぱいいや」

「いいの？」

「俺の気持ちはひとつだし。それに、桜とこうして一緒にいられたら、今はいいかなって思えてきた」

流瑠は、空を見上げながら、柔らかな笑顔でそう言った。

「桜は、なに言おうとしたの？」

「私もいいや。今はいい」

私も流瑠と同じ気持ちだった。

今、このふたりの時間を壊すような質問はしたくない。

「そ？　じゃあ寝るか？」

「うん！」

「どうぞ」

そう言って流瑠が自分の肩をポンポンと叩いて合図をしてくれる。

ここを枕にしていいよって合図。

「ありがとう。お邪魔します」

私はその居心地のいい場所に頭を乗せた。

ゲンキンなやつだよね私。昨日は、もう甘えないとか思っておきながら、目の前にこの温もりを差し出されると、ついつい手を伸ばしてしまう。

そしてこの温もりに触れている間は、悩んでいたことも、モヤモヤしていたことも全部忘れてしまえるんだ。

私、少しずつ気づいている。

この〝温かさ〟に触れると、心の中の〝ある感情〟の存在を感じる。

胸をギュッとさせるこの感情は、毎日少しずつ、少しずつ、大きくなっている。

流瑠に感じるこの感情を認めてしまうのが怖い。

「ねぇ、流瑠……」

「ん？」

「大好き」

「……うん」

私たちの間を風が流れていく。

「おやすみ流瑠」

「おやすみ桜」

流瑠の肩から伝わる温もりが、また思い出させる。

〝私をひとりの女の子として見てほしい〟

その心からのメッセージに、少し切なくなった。

あれから私たちは授業を二時間分サボってしまった。

私は二時間目だけでは足りず、三時間目に突入しても熟睡したままだった。

目を覚ました時にはもう流瑠は起きていて、私の寝起きの頭を優しくポンポンとしてくれた。

「起こしてくれればよかったのに」

そう言うと、

「すごく気持ちよさそうだったから」

と流瑠は頬を緩めた。

今日は、このままここで授業をサボりたい。

どうでもいい話をして、ふたりだけで笑っていたい。

その笑顔を見るとそんなふうに考えてしまう自分がいる。

「戻ろっか」

でも四時間目の予鈴が鳴った時、流瑠が言った。

「うん」

無理に作った笑顔でそう答える。

以前の私ならきっと駄々をこねていたと思う。

たぶん、もっとここにいる！と流瑠を困らせていたかもしれない。

困らせるなんて考えもせずに、自分の思ったことをそのまま口にしていたはず。

私の心の変化が少しずつ私の行動までもを変えていく。

そんな自分に戸惑いながらも、知らないうちに一歩、また一歩、初めての〝想い〟の中へ足を踏み入れていた。


あれから、眠気はなくなったものの授業は上の空。

流瑠のことをこんなに考える日が今まであったかな？

雪見さんを見る顔。上坂くんに見せた顔。昨日見た流瑠の表情が頭に浮かぶ。

恋わずらい。好きな人。

前の席に座る私が、ずっと流瑠のことを考えていたって知ったら、流瑠はどう思うかな？

「相澤さん、行こう」

「うん」

あと三日で文化祭。今日の放課後も委員会がある。

上坂くんとふたり、廊下を並んで歩く。

「ところでさ〝充電〟って何？」

「なっ!?」

不意打ちの上坂くんの質問に、思いっきり、わかりやすくうろたえてしまった。

「『じゃあ流瑠、充電して!』って？」

「あ、あの……い、いやいや！　スマホの夢を見てただけだよ」

上坂くんが疑いの眼差しで私を見ている。とにかく彼は勘がいいからボロが出ないようにしなきゃ。

お、落ちつけ私！

「そっか、スマホか……」

「そ、そう、スマホの充電が切れた夢！　先生にも『スマホ依存かお前は！』って怒られちゃった。あはは」

思いっきり笑いながらごまかしたから、もうこれで大丈夫だよね？

ホッと安堵の息をついたのに、次の瞬間、上坂くんの言葉に凍りつく。

「もしかしてさぁ、〝ふたりの秘密〟ってやつ？」

「えっ⁉」

「へぇ」

パニックになって、持っていた資料やらメモやらを全部床にぶちまけていた。

急いで床にしゃがみ、落とした物を拾い集める。

思いっきり動揺しているから、みるみる顔が熱くなっていく。

「あーもう、落ちつきがないなぁ。相澤さんは」

そう言いながら、上坂くんも落とした資料を一緒に拾ってくれた。

「う、うん。ごめん……」

上坂くんの言ったことに肯定も否定もできない。

下手なことを言えば、全部バレてしまうような気がして、何も聞こえなかったふりをするしか、方法が思い浮かばなかった。

そんな私を知ってか知らずか、上坂くんはどんどん突っ込んでくる。

「大石くんと相澤さんだけの秘密か」

「ち、ち、違うよ！　だ、だからスマホの……」

「いいな。僕も相澤さんとふたりだけの秘密を持ちたいな」

「いやいや！　聞いてよ。違うよ。スマホだって」

「そうだなぁ。秘密か、何がいいかなぁ？」

って、聞いてないし！

どうしよう、私じゃ太刀打《たちう》ちできない。

「そうだ、デートしよっか？」

私の耳元で、とんでもないことを言い出した。

「なっ⁉　い、いや……デ、デートは恋人同士がするものだからさぁ、ちょっと無理だよ」

誰かさんに言われてブチギレた言葉を、今ここで堂々と使用する。

でしょ？」

「どこに行く？　あ！　でもテストが終わってからだよね。相澤さん、英語ヤバいん
「え、あ、うん……そうなんだけど、って、いやいや、そうじゃなくて……」

やっぱり聞いていないし！　ってか、テストの存在まで思い出しちゃったよぉ。

「じゃあ！　テスト前の土曜日、一緒に学校で英語の勉強会をするってのはどう？

教えるよ。英語の成績が上がったら、デート……じゃなかった。遊びに行こう！」

上坂くんがニッコリと笑う。

デートから遊びに行くに訂正した上坂くんに、私も思わず笑ってしまった。

聞こえないふりして聞いていたんだ？

「よかった。じゃあ、そういうことで！　テスト前の土曜日に勉強会ね！　その次は
絶対遊びに行けるように、英語完璧《かんぺき》にしてあげるからね。楽しみにしておいて！」

「あ……えっ⁉」

勉強会はまだしも、遊びに行くなんて言ってない！　言ってないよ！　つい気を緩
めて、笑顔を見せてしまった！

ハメられた感満載。

「そうそうこれは〝ふたりの秘密〟だからね。大石くんに言っちゃダメだよ」

「……え」

「楽しみにしてるね」

「う、うん。わかった」

その勉強会の日、上坂くんに告白の返事をしよう……と思う。

上坂くんは、『返事はまだ言わないで』って言ったけど、私にとって上坂くんは大切な友達のひとりで、それ以上にはどうしても見られないから。

きちんと言わなきゃ。そう、決心した。


委員会のあとに部活に出て、終わったころには日がだいぶ傾いていた。

グラウンドに目をやるとサッカー部の練習はすでに終わっている。

片づけを終え、急いでスクールバッグの中のスマホを覗く。

メールは届いていない。

「もう帰っちゃったかな？」

雪見さんと一緒なのかな？

そんなことが頭に浮かんで、スマホを閉じた。

「桜ちゃん。今日も大石くんと一緒に帰るの？」

部活の友達が聞いてきた。

そんなふうに聞かれてしまうくらい、流瑠とはいつものように一緒に帰っていた。

「……ううん。今日は別々」

「へー。珍しいね。こんな遅い時は絶対、大石くん待っててくれてるのにね」

「う、うん」

そう、言われてみればそうかも。

夜道は危ないとか思っててくれていたのかな?

そんなふうに女の子扱いしてくれていたのならうれしいな。

流瑠は待っている理由なんて何も言わない。

ただ、笑顔で「一緒に帰ろう」って言うだけ。

中学の時からそうだったね。

真冬に外で鼻をまっ赤にして待っていてくれた日もあったなぁ。中学校から家までは歩いて十分もかからなかったのに。

私にとって、それは当たり前の日常で。

〝一緒に帰れるのがうれしいな〟とか〝心配してくれてうれしいな〟なんて想いを噛みしめることもなかった。

それくらい流瑠と並んで帰るのは日常だった。

流瑠はどうして待っていてくれていたのかな?

理由が、お父さんに頼まれたからとかじゃなければいいな。

「おー！　相澤、やっと来た！」

昇降口についた私にそう声をかけたのはマサくん。

「あれ？　どうしたの？」

「姫をご自宅まで送り届ける使命を果たすために待っていたのですよ」

マサくんがニッと笑って言った。

「え？　送り届けるって、どうして」

「相澤のナイトはちょっとヤボ用があるから、『一緒に帰ってやって』って頼まれたんだよ」

「流瑠？」

「正解！　というわけで、久しぶりに一緒に帰るか！　相澤」

「うん、ごめんね。待たせて」

私の言葉に、気にするなと言うように、マサくんがニッコリ笑った。

流瑠の用ってなんだろう？　きっと、雪見さんのことだよね？

いろいろ想像しながら、マサくんと並んで学校を出たころには、あたりが少しずつ薄暗くなり始めていた。

マサくんとふたりだけで電車に乗るなんて初めてかも。

「マサくん、だいぶ待ったんじゃない？」

「いや、そんなことないよ。吹奏楽部は文化祭の追い込みだから大変だな」

『そんなことないよ』って言っているけど、今日はずいぶん時間を押して練習していたから、かなり待ったはず。

「大丈夫なのにね。もう子どもじゃないから、ひとりで帰れるのに、ごめんね」

笑いながらそう言うと、マサくんはそれは違うぞというように首を横に振る。

「もう子どもじゃないから、暗い道を相澤ひとりで帰らせるのが心配なんだよ」

「え？」

「大切な、かわいい姫の身が心配だってこと」

「そ、そんなこと思ってないって！　か、かわいいなんて流瑠から一度も言われたことないもん」

「顔まっ赤だぞ、相澤」

わかりやすい反応をしたため、マサくんに笑われてしまった。

「てか、そっか、かわいいって一度も言われたことないんだ？　ほんと、不器用なやつだよな」

「不器用？　流瑠が？」

びっくりした。

私は今まで流瑠のことを不器用だなんて思ったことはない。

どちらかというと器用なほうだと思う。

そんなに勉強しなくても結構頭はいいし、サッカーだけじゃなくて、どんなスポーツも器用にこなす。

昔から不器用なのは私のほう。

「うん、不器用だよ。まぁ、不器用になってしまうのは相澤のことに関してだけだけどな」

「私のことにだけ？」

「まぁ、そのうちわかるって。で、話は変わるけどさ、オレ、今度早苗に告白する」

「えぇ!?」

突然変わった話の内容に驚いて目を丸くする。

「早苗には内緒な」

「うんうん。言わない言わない」

すごい、すごい！　両想いだ！

ということは、ふたりは付き合うんだ！　やったね、早苗。

早苗の幸せそうな顔を思い浮かべると、私までうれしくなってくる。

「早苗に『好き』とか言葉で言われたわけじゃないけど、あいつ最近、一生懸命オレに気持ちを伝えようとしてくれるんだ」

「うん」

「昔から早苗はいいやつだし好きだけど、恋愛対象には見たことなかった。でも、まっ赤になって『遊びに行こう』なんて誘ってくるあいつを見てたら、完全にオトされてしまったんだよなぁ」

「あの早苗がまっ赤になってたの？」

意外！　あの物怖じしない性格からして、あっさり、淡々と、無表情で誘っているものだとばかり思っていた。

「そうだろ？　びっくりだろ？　おかげでオレまでドキドキしちまったんだよな」

「マサくん。早苗にドキドキしたの？」

「まぁな」

「そっか、いいなぁ早苗、好きな人にドキドキしてもらえたんだ」

今まで、恋愛ってものに疎《うと》かった私だから、誰かの恋愛の話を聞いてもそこまでなんとも思わなかったけど、今、すごく羨ましい。

「相澤も、もうすでに、誰かをすっげードキドキさせてるかもよ」

マサくんが冷やかすような目で私を見てくる。

「はは、私はなさそうだなぁ」

私が誰かをドキドキさせているなんて想像つかない。

上坂くんは、私のことを好きって言ってくれたけれど、私にドキドキなんてするのかな？

うーん、上坂くんは謎だから、よくわかんないな。

でも……流瑠は、好きな人がいるんだよね。

じゃあ、流瑠はその人にドキドキさせられているのかな？

流瑠はすぐにまっ赤になるから、好きな人の前じゃ大変なんじゃないかな。

そんな流瑠を、流瑠が好きなその女の子はかわいいって思うんだろうな。

きっとすぐに流瑠の優しいところとか、まっ直ぐなところにひかれるんだろうな。

流瑠は好きな子にどんな笑顔を見せるのかな？

流瑠が私に見せてくれる笑顔を思い出して、ギュッと胸が締めつけられる。

流瑠の好きな子って、雪見さんかな？

痛いな、胸が。

結構、きついな。

でも、痛いけれど、きついけれど、今すぐ流瑠に会いたいって思う。

流瑠の顔を見たい、流瑠の声が聞きたい。

「桜」って呼ぶ時の笑顔に会いたい。

マサくんは家の前まで送ってくれた。

家の中に入る前にチラッと流瑠の部屋を見上げたけれど、まだ電気は点いていなかった。

ため息をひとつついてから家の中に入ると、夜ごはんのいい匂いがして。

あれ？　今日は煮込みハンバーグだ。

そう思った私は靴を揃えることも忘れて、急いでダイニングへと続くドアを開いた。

「流瑠！」

ドアを開くなり、思わずその名前を呼んでいた。

「おかえり、桜。遅かったわね。あれ？　流瑠くん一緒じゃないの？　今日はうちで一緒にごはんよ？」

やっぱり。煮込みハンバーグだからそうだと思った。

「うん。今日は用事があるらしくて一緒に帰れなかった」

「流兄の用事ってなんだよ？　女？」

「桜、おかえり！」

お母さんと陸人とお父さんが夜ごはんを食べている。

お母さんは、流瑠がうちに食べに来る時によく煮込みハンバーグを作る。お母さんの煮込みハンバーグは、流瑠の大好物だから。

もう来ているかと思ったのにな……。

「桜、流瑠くんも、もうすぐ帰ってくるから先に食べてたら？　着替えておいで」

お母さんがキッチンに入って、私の夜ごはんを盛りつけながら言うけれど。

「いい。流瑠が帰ってくるまで待ってる」

そう言い残して部屋へと向かった。

着替えながら同じ問いが頭をぐるぐる回る。

〝用ってなんなんだろう？〟

〝今、誰かといるのかな？〟

考えたくもないのに、頭は勝手に考えてしまう。

そうしていると、ノックの音がしてお母さんが顔を覗かせた。

「桜、今、流瑠くんから電話あったよ。お母さんからのメールに気づいてなかったんだって」

「そ、そうなんだ」

「はい、これ」

お母さんが何かが入っている袋を差し出す。

「夜ごはんをふたり分お弁当箱に詰めておいたから、流瑠くんのお家で食べておいで。流瑠くんと何か話したいんじゃないの？」

「え？」

「朝のお父さんへの態度といい、さっきの雰囲気といい、流瑠くんと何かあったんでしょ？」

お母さんすごい。すべて、お見通し。

「流瑠くんもう駅についてるみたいよ。そろそろ家につくんじゃない？　『桜がお弁当を持って行くよ』って伝えておいたから、早く行ってらっしゃい」

「うん！　ありがとう！」

流瑠が帰ってくる！

そう思うと知らないうちに声のトーンが上がっていた。

ただただ、早く会いたい。

その想いが私を急がせていた。

玄関のドアを急いで開いて門を飛び出した時、少し離れたところから「桜！」と呼ぶ声が聞こえた。

「流瑠！」

声のほうに振り向くと、こっちに向かって走ってくる人影が見える。

まっ暗な景色の中でも、そのシルエットだけは見間違えたりしない。

流瑠は私の前まで走ってきた。

目の前に来た時には、流瑠の呼吸はかなり乱れていた。

その呼吸を整えるように、膝《ひざ》に手を置き、体を屈《かが》めて大きく息を吸い込む。
二、三回深呼吸してから私の顔を見上げて言った。
「ごめんな、桜。まだごはん食べてないんだろ？　待っててくれてるって聞いた」

流瑠の顔を見た途端、心の中を埋め尽くしていた不安感が消えていく。

大好きな声、私を見つめる大きな目、息をするたび上下する肩、走ったせいで乱れた前髪、少し赤くなった頬、そのすべてが私の心音をおかしくする。

「ううん。おなか空いたね、早く食べよう。今日は流瑠の大好きな煮込みハンバーグだよ」

今まで、流瑠は好きな人と会っていたのかもしれない。

それは雪見さんかもしれない。

でも、もうどうでもよかった。今、私の目の前に流瑠がいる。それが、私の胸をこんなにも熱くさせているから。

「桜？」

ジッと見つめていた私を、流瑠は不思議そうな顔で見つめ返してくる。

「……流瑠、早く食べよう。冷めちゃうよ？」

「あ、うん……」

ふたり同時にうつむいた。

気づいてしまった、今、はっきりと。

いつの間にか、私の中で流瑠は大きな大きな存在になっていたんだ。

ねぇ流瑠……。私、流瑠のことを好きになっちゃったみたいだよ。

第三章 降り積もる想い

私の想い

「なぁ、桜、なんなの？　さっきから」

「え？」

「そんなジッと見られていたら食べられないんだけど……」

「あっ！　ご、ごめん！」

テーブルに向かい合って座っている私と流瑠。

目の前には、お母さんが作ってくれた〝煮込みハンバーグ弁当〟。

私は今、無意識に流瑠のことを凝視してしまっていた。

「……桜さぁ、何かあったの？」

「へっ⁉」

流瑠の質問にびっくりして、変な声が出た。

「な、なんにもないよ」

上ずる声。消える語尾。でも、言えるわけがない。〝好きになりました〟なんて。

流瑠がジッと見てくるから、笑ってごまかした。

「何もないならいい」

そう言って、流瑠はまた下を向いて食べ始める。

あれ？　なんか不機嫌じゃない？

私もハンバーグを口に運んだけど、味がいまいちよくわからない。

まだ、半分も食べていないのに、おなかが一杯になってきた。

流瑠は無言で黙々と食べ続けているし、気まずいから何か話さなきゃ。

「今日、マサくんに送ってもらったよ」

「あ、うん」

「べつにひとりでも帰れるよ。子どもじゃないんだし」

返事が返ってこない。

夜道は危ないからとか、桜のことが心配だからとか、理由を言わないの？

「そういえば、流瑠は今日……」

「え？」

ヤボ用ってなんだったの？って聞いてみようとしたんだけど、言葉に詰まっていると、テーブルの上に置いていた私のスマホが鳴った。

「あ……」

画面には、上坂くんからのメールの着信を示すメッセージが表示されていた。

慌ててお箸を置いて画面を操作する。

昨日の告白とか、流瑠とのこととかを思い出して少しドキッとしたけれど、上坂くんからのメールの内容は、文化祭当日の当番表ができ上がったよという報告メールだった。

「上坂くん、当番表を作ってくれたんだ」

上坂くんも忙しいのにひとりで仕上げてくれたなんて感謝。

ありがとうのメールを打とうとした時、私の手からスマホが消えた。

「ちょっと！　流瑠!?」

「……」

私の手から消えたスマホは、目の前に座っている流瑠に奪い取られていた。

しかも、人のスマホの画面をジッと見てから勝手に操作しているし。

「流瑠！　勝手にさわらないでよ！　メッセージ打ってる最中だったんだから」

スマホを奪い返そうとすると、ヒョイッとかわされた。

「心配すんな、俺が返しといた」

見せられたメールアプリの画面には【ごくろう！】と、くまのキャラがのけぞって座っているスタンプがひとつ押されていた。

「なんでそんな上から目線のスタンプを勝手に……」

もう一度取り返そうとしたけれど、やっぱりヒョイッとかわされた。

「ごはんの途中だろ、スマホはダメ」

「お母さんみたいなこと言わないでっていうか、流瑠もごはんの途中でしょ」

「俺は食べ終わってるし、桜はさっさと食え」

速っ！　流瑠ってば、いつの間にか食べ終わっているし。

まったくスマホを返そうとしない流瑠にムカッとして、本気で取り返すためにイスから立ち上がった。

「返すかよ」

すると、流瑠もイスから立ち上がる。

「流瑠、いい加減にして」

「イヤだね！」

子どもの時から私たちはそう。こうなれば、私はムキになり、私がムキになると流瑠はもっとムキになる。そして、流瑠がもっとムキになれば、私はもっともっとムキになってしまう。

エンドレス。

気がつけば、さっきまで好きだの、ドキドキするだの思っていたことも忘れて、流瑠といつものようにやり合っていた。

「ちょっとばかり背が高いからってバカにしてんでしょ？　そうだ！　じゃんけんで決着をつけよう！」

「じゃんけん？　桜が俺に勝てるわけねぇだろ、弱いのに」

「なんなの？　その上から目線がムカつくんだけど！」

追いかける私。逃げながらリビングのほうに回る流瑠。

「スキあり！」

よし！　私って賢い！

さっと隣にあったソファに飛び乗り、身長差が縮まったところで、流瑠の首を腕でがっちりホールドし、動けないようにしてからもう一方の手でスマホを取った。

「やった！　取った！　私の作戦勝ち！」

なぜか簡単にスマホを離した流瑠。

歓喜の声を上げてから、はたと気がつけば、流瑠にギュッと抱きつく体勢になっている私。

そして、鼻と鼻がくっつきそうな超至近距離……。

「うわっ！」

あまりの驚きに、せっかく奪ったスマホを床に落とし、膝から崩れ落ちた私はそのままソファに倒れそうになってしまった。

「あぶなっ……！」
でも、瞬時に流瑠の大きな手が私の頭を抱え込んで、反対の腕が体を包み込む。
今、額に触れているのは、いつの間にかたくましくなった胸。
思わずしがみついた私の手は、流瑠の背中に回っていた。
抱きしめられている？　抱きついている？
突然の出来事に頭がついていかない。
自分が今どういう状況にいるのか、温かい胸の中で考えていた。
流瑠はうしろ向きに倒れそうになった私の体を抱き寄せ、支えてくれていた。
私は、ソファに膝をついた状態で流瑠にしがみついている。
「ありがとう」も「ごめんね」も声にならない。
動けないまま時間だけが流れていく。
頭が少しずつ冷静に物事を判断していくのに反して、心が乱れた音を奏で始めた。
――ドクン、ドクン、ドクン……。
心臓が痛いくらいの音を響かせ、顔に熱が集中してくるのを感じる。
ダメ、流瑠に気づかれちゃうよ。でも……。
――ドクン　ドクン　ドクン……。
私の心音と同じくらい、乱れた音を奏でるもうひとつの心音も感じる。

流瑠？　流瑠も私にドキドキしているの？

そんなのはありえないけれど、流瑠も私と同じ〝想い〟を持ってくれていたらいいのにな。

そう思ったら、胸がギュッとなった。

私の背中に回る流瑠の腕の力が緩まらない。

どれくらいたったのか、流瑠の手に一瞬ギュッと力が込められたあと、その腕が緩んで、私と流瑠の体が離れていく。

まだ頬が熱い。

流瑠の顔を見られないでいると、流瑠がボソッと呟いた。

「……ごめん」

「え？」

なんで流瑠が謝るの？

支えてもらったのは私のほうで、謝るのは私のほうなのに。

「わ、私のほうがごめんなさい。頭を打たないようにかばってくれたんでしょ？」

流瑠を見上げた。

流瑠は、腕で顔を隠すようにして横を向いている。

「……いや、それはいいんだ」

流瑠の表情はよく見えなかったけど、耳が赤くなっていた。

「ちょっと俺、部屋にバッグを置いてくる。すぐに下りてくるから……桜は、早く食えよ」

流瑠が、落としていた私のスマホをダイニングテーブルの上に置き、置きっぱなしだったスクールバッグを持とうとした瞬間、私の体は無意識に動いていた。

流瑠の腕を掴む。

びっくりして振り向く流瑠に、今日の学校の帰りからずっと聞きたかったことを聞いていた。

「ねぇ、今日の『ヤボ用』ってなんだったの？」

「ヤボ用？」

「うん、マサくんが『流瑠はヤボ用があるから一緒に帰れない』って言ってたから」

「あぁ、うん。大した用じゃないよ」

何か隠している？

流瑠が私の質問に、こんな曖昧に答えるなんて珍しい。

頭の中がまた不安でいっぱいになる。

雪見さんと一緒だったの？

でも、これ以上は聞く勇気が持てなくて、流瑠を掴んでいた手が落ちていく。

すがりつくように流瑠を見つめていた目線も落ちていく。

「桜?」

「ん?」

「あのな、雪見のこと、もう大丈夫だよ」

「え?」

「桜、心配してたから、それだけは伝えておこうと思って」

「そっか。よかったね……」

「うん……」

流瑠がどうにかしたんだよね?

私以外の女の子を助けている流瑠って初めて見たかも。

胸がチクリと痛む。

こんなふうに思う私を流瑠は知らない。

もしも、知ったらどう思うかな? どういう反応するかな? できるものなら流瑠の心の中を覗いてみたい。

もしも、流瑠の心に誰かがいるのなら。

早くこの想いにフタをしなきゃ。この想いを早く閉じ込めなきゃ。きっとまだ今ならなんとかなるはず。

そうだよ……そう思うのに。

「流瑠、あのね……」

「ん？」

〝好きな人いるの？〟って、聞きたいのに……。

「わ、私、そろそろ家に帰るね」

どうしても口に出せない。

「え？　なんか言いたいことあるんじゃないの？」

流瑠が「好きな子いるよ」って言ったら、私はどうなるんだろう？　感情を殺しきれなくてここで泣いてしまうかもしれないな。

「ううん、なんでもない。今日は忙しくて疲れちゃった。帰って寝るね」

「もうすぐ文化祭だもんな。頑張れよ桜」

「うん」

これ以上好きになったら、あと戻りができないってわかっていても……。

「充電しようか、桜」

「……ん」

流瑠が私に与えてくれる優しさに、温もりに、包まれていたくなる。

抱きしめられた温もりが忘れられない。

これ以上好きになれば、後悔するのに。

わかっているのに、わかっているけれど、その温もりを求めてしまう。

流瑠に手を伸ばしていた。

「……え？　桜？」

「充電」

「え？」

「充電いっぱいにさせて」

私は流瑠の背中に腕を回して、自分から抱きついていた。

「頑張るね、私」

「……うん」

「もう、これから先、こんなことしないから……今日だけ」

「……」

「妹みたいに甘えてばっかりでごめんね」

「……妹……か……」

流瑠の好きな人が私だったらいいのに。

温もりに包まれながら、そんなありえないことを願っていた。

どれだけ幸せかな？

自分の好きな人が、自分のことを好きになってくれる。

私にはそんなこと、奇跡のように感じられる。でも、そんな奇跡が起これば、どんな幸せを感じられるんだろう……。

流瑠。

ギュッと抱きついて触れた部分から流瑠の温もりを感じる。鼓動を感じる。

離れたくない。

そう思うのは私だけだよね。

流瑠の腕はもう私を包み込まない。でも、そっと私の頭をなでてくれた。

かわいいよ

「はぁ……」

あの日から何度目のため息なのか。

私、なんであんなことしたんだろう？

流瑠に抱きついたあの日。あの日から三日たった今も私は猛烈反省中。

事あるごとに思い出してしまい、顔を赤くしたり、青くしたりと、これの繰り返し。

今までの充電とは全然違ったもん。全然違ったよ。

流瑠の、心臓の音も、体温も、匂いさえもはっきり感じた。

この三日間、流瑠と顔を突き合わせると、普通にしているつもりなんだけれど、私の中ではかなりの動揺が走り、心の中ではパニック状態。

でも、流瑠はいつもと変わらない。

マサくんは「まだ変だ！」とか、「元気ない」とか言っているけれど、少なくとも私の前では普通に見える。

あれは流瑠にとってはいつもの充電と大差なかったんだね。そう思うと、私を少しさびしくさせた。

そんな気持ちを抱えたまま、今日は文化祭当日。

「桜、もうすぐでしょ？　抜けていいよ。あとはやっとくから、頑張ってね！」

早苗が私の肩を叩いて送り出してくれる。

「うん、ありがとう。じゃあ行ってくるね」

一年二組の文化祭の出し物はクレープ屋。教室中に甘い匂いが漂う。

クラスで四グループに分かれて交代制で店番を行っていた。

私と早苗は今当番だったんだけれど、もうすぐ吹奏楽部の午前の部の演奏の時間だから、交代時間前に抜けさせてくれた。

吹奏楽部の演奏会は午前、午後の二回ある。

私はフルートケースを持ち、最終の音合わせをする教室に向かった。

廊下は文化祭を楽しむ生徒であふれ返っている。

中学から何度も演奏会を経験してきた。

でも、回数を重ねても、観客の前で演奏するというのは毎回緊張する。

集中！　集中！　演奏中は絶対に絶対に他のこと考えないでよ私。あの日のことなんてもっての他だからね。

「あれ？　相澤さん今から？」

「あ、上坂くん」

生徒たちが行き交う廊下で上坂くんに会った。上坂くんは、クラスの男子数人と他クラスの女子数人で自由行動中だった。

上坂くんはその輪から離れて私に話しかけてきた。

「演奏会、頑張ってね。僕も聞きに行くから」

「うん。ありがとう。頑張ってくる」

「上坂くーん、早く行こうよー。次はアイスクリーム食べに行くよー」

さっき上坂くんと一緒にいた女の子たちのうちのひとりが、私と話している上坂くんを呼びに来た。

「悪いけど、先に行っててくれる？」

「えぇーっ。すぐに戻ってきてよねー」

その子は甘えたように上坂くんに言ってから、私をチラッと見て去っていった。

彼女は上坂くんのことを気に入っているのかな。

「いいの？　上坂くん？」

「いいの、いいの。アイスクリーム好きじゃないし、彼女タイプじゃないし、僕のタイプは相澤さんだし」

「なっ⁉」

上坂くんは私を覗き込むようにニッコリ笑う。

本当に、いつからこういうことをサラリと言える性格になったんだろう？

そういえばこの間、こっちも本当の僕だ、みたいなことを言っていたよね。

気まずくなって、話題を変えた。

「えっと……上坂くんは、アイスクリーム好きじゃないんだ。おいしいのに」

「相澤さんは好きなんだね。じゃあ英語の成績が上がったらごほうびにおごってあげるよ」

上坂くんが口にした、ごほうびっていう言葉で思い出した。

「そういえば今日、流瑠にお願いするの忘れてた」

「大石くんに？」

「こんなふうに演奏会がある日はね〝緊張に負けずに頑張ったごほうび〟って、終わったあとにいつもアイスクリームを買ってくれるの。それがあるから頑張れるっていうか。ゲンキンだけどね」

「……へぇ」

「私、子どもの時から極度のあがり症で、中学の初めての演奏会の日、緊張しすぎてカチカチになってたの。最後には涙まで出てきちゃって」

あの時の私は演奏できるような状態じゃなかった。

「そんな私を励ますために流瑠が言ってくれたの『観客だと思うな！　お地蔵さんの集団だと思え！』って」

思わず笑ってしまった。『お地蔵さんの集団のほうがある意味怖いよ！』って。

「そのあと、『頑張ったごほうびにアイスクリームを買ってあげる』って言ってくれたの」

流瑠のお陰で、緊張が和らいだんだった。

流瑠はいつもこんなふうに、私のことを支えてくれた。

「それから、人前で演奏する機会があるたびに、私から『頑張るから、ごほうびにアイスおごってね！』ってお願いするの」

よく考えると図々しいお願いなのに、流瑠は毎回「はいはい」って言って私の頭をポンポンとしてくれた。

その時の流瑠の笑顔を思い出す。

それだけで、私の頬は緩んでくるんだ。

流瑠とのことを思い出すのって、話すのって、こんなに楽しかった？　こんなにうれしかった？

その緩んだ笑顔のまま、なんとなく視線を感じた私は、上坂くんの肩越しに視線をずらした。

「……あ」

上坂くんのうしろ、たくさんの人が行き交う廊下の先で、サッカー部の人たちと一緒にいる流瑠と目が合った。感じた視線は流瑠だった？

でも、視線の先にいる流瑠に笑みはない。

それが気になりながら流瑠を目で追っていると、流瑠はフッと視線を逸らし、一緒にいたクラスの友達に話しかけ始めた。

そのまま、友達と話しながらこちらのほうに向かって歩いてくる。

今になって、三日前の抱きついた〝充電〟を思い出して、心に激しく動揺が走る。

自分でも顔がこわばっていくのがわかる。

流瑠が一歩一歩近づいてくるごとに、心臓は爆発しそうなほど騒ぎ始めた。

思わず目線が下がる。

目の前に来たら、何を話そう……。そうだ、アイスクリームのお願いをするのが自然かな？

流瑠が目の前に来たのを感じて、よし！って気合を入れて顔を上げたのに。

流瑠は、私のほうも見ないで横を通りすぎていってしまった。

「え？」

思わず漏れる声。

気がつけば振り向いて、流瑠のうしろ姿を目で追いかけていた。

「あれ？　大石くんとまたケンカ？」

何かを感じ取ったのか、上坂くんが聞いてきた。

「ううん。してない……」

していないよケンカなんて。

私のことに気づいていたのに何も言わずに行くなんて、こんなこと初めてだよ。

さっきまでとはまた違う、胸が不穏な音を響かせる。

「じゃあ、相澤さんと僕は一緒に文化祭を回ってるんだと思って、気をきかせてくれたのかな？」

上坂くんがニコッと笑う。

「……そうなの、かな？」

あの日、流瑠に言った言葉を思い出す。

『私を助けることを幼なじみの義務とか思わないで。私ももう子どもじゃないし、ひとりでも大丈夫だから、あのね……』

だから、上坂くんが言うように〝気をきかせてくれた〟の？

ズキッと胸に痛みを感じて、胸元のブラウスをギュッと握った。

「あ、えっと上坂くん。私そろそろ行くね」

「そう？　頑張ってね」

「……うん。ありがとう」

上坂くんの前では精一杯強がって、私は流瑠とは逆の方向へと歩を進める。

ただ、流瑠と物理的に離れていくだけなのに、一歩一歩進むたび、心も離れていくように感じて悲しくなってきた。

何も言わずに通りすぎていった流瑠のうしろ姿が頭から離れてくれない。

今から演奏会の本番で、集中しなきゃならないんだからしっかりして。

そう自分に言い聞かせるけれど、悲しみが癒えることはなかった。


「最低だ……」

吐き出したひとり言。

さっき演奏が終わって、私は今、北校舎の北側にある裏庭にいる。

手にはフルート。演奏会が行われた体育館から直接ここに来ていた。

南校舎で文化祭が行われている今日、ここに人はいない。ベンチを見つけて座った。

私は、最終の音合わせで思うように演奏できず、余計に動揺してしまい、演奏会本番で、音を間違えてしまうというありえない失敗をしてしまった。

ソロパートの時の失敗とかではなかったから、私の失敗は客席にいる人たちはわからない程度のものだったかもしれない。でも、まわりにいるフルートのメンバーには動揺を与えて、迷惑をかけてしまったと思う。

「……情けない」

じわっと涙が浮かんでくるのを感じる。

それを眉間に力を入れて、こぼれ落ちないように閉じ込めた。

流瑠の行動ひとつで、こんなに心が動かされてしまう。

自分の手に負えなくなっていく感情。

どうしたらいいのかなんてまるでわからないのに、感情だけが膨らんでいく。

「ダメダメ！　落ち込んでる暇ないし！　午後から挽回《ばんかい》！　練習、練習！」

ベンチから立ち上がる。そして、モヤモヤを吹き飛ばすように、大きく吸い込んだ息をフルートに吹き込もうとした時だった。

「あれぇ、相澤さんだよね？」

女の子の声で名前を呼ばれた。

フルートを口元から離して声の主を振り返ると、知らない女子たちが私のほうを見ていた。

女子たちは八人いる。みんな上靴のカラーから一年生みたいだけれど、他のクラスの子たち。

順番に顔を見渡すと、ひとりだけ見覚えのある顔があった。

さっき、上坂くんと一緒にいた女の子だ。

「何かな?」

「うん、ちょっと相澤さんと話がしたいなぁと思って。ねぇ、みんな!」

ひとりの女の子がそう言うと、他のみんなはうんうん、と頷いた。

彼女たちから発せられる雰囲気で、これから話される内容が、楽しいものではないということくらいは、鈍感と言われる私でも想像できた。

「で、結局相澤さんはどっちなの?」

「へ?」

質問の意味がまったくわからず、マヌケな声が出る。

「大石くんと上坂くんの、どっちにするかって聞いてるの?」

理解しない私に苛立っているのか、大きな声で言われたけれど……。

「え? どっちにするかって、どういうこと?」

私の言葉に、彼女たちの表情はどんどん険しくなっていく。

イライラがピークに達したのか、彼女たちが次々に言い始めた。

「だ・か・ら、大石くんと上坂くんのどっちがいいの?って聞いてるの。とぼけたって無駄だからね! 今日ここで、はっきりさせてもらうんだから!」

「相澤さんってそんな幼い顔して二股《ふたまた》って、やることすごいよね」

「どうやっていい男ふたりも手玉に取ったの？　まさか、相澤さん程度の女が、二股でいこうなんて図々しいこと考えてないよねぇ？」

二股……手玉……程度の女……。

あまりのことに声が出ないって、本当にあるんだと全身で実感する。

口の端がヒクヒクし始めた。

〝手玉に取った〟って！

上坂くんに関しては、ある意味〝手玉に取られている〟のは私のほうじゃない？

流瑠のこと〝手玉〟に取れていたらどんなに素敵《すてき》か！

それどころか、私は流瑠の行動ひとつでこんなに心乱されているのに。

怒りに震える私に気づいているのか、いないのか、今度は全員で質問してきた。

「上坂くんにするんだよね！」

向かって右側四名が。

「違うよ！　大石くんにするんだよね！」

向かって左側四名が。

どうやら、向かって右四人は流瑠のファン。向かって左四人は上坂くんのファン。

「相澤さんは大石くんでしょ！　やっぱり幼なじみといえば恋愛だよ！」

「マンガの読みすぎなんじゃない？　相澤さんは上坂くん！　委員会で愛が芽生えたのよ！」

お互い、私を自分の好きじゃないほうとくっつけようともめている。

「ってか、相澤さんって特別かわいくないよね。本当に普通！　スタイルだってよくないのに！　なんでモテるの？」

「そうよね。どう見たってAカップだよね？　頭もあんまりよくなさそうだし。なんでいい男がふたりも相澤さんに行くの？」

「ちょっ……！」

今度は私の悪口で意気投合し始めた。

あまりの言いたい放題にへこんだ私は、この場を立ち去ろうと考えた。

「私、フルートの練習をしないといけないから行くね」

そう言い残し、一応、腕で胸を隠しながら歩き出した。

「ちょっと待ちなさいよ！　逃げる気？」

慌てて追いかけてきた子に腕を強く掴まれて動けなくなる。

「放して！　私、今忙しいの。もうすぐ演奏会だし」

「へぇー演奏会ねぇ、これって相澤さんが吹くの？」

彼女たちのうちのひとりが、私の手からフルートを乱暴に奪い取る。

「あ！　ダメ！」

「わたしも一回吹いてみたい。貸してよ」

「ダメだよ！　返して！　お願い」

「いいじゃん。一回くらい」

フルートを手のひらに乱暴に打ちつけながらイジワルく言う彼女。

「本当にやめて！　乱暴にしないで！」

「失礼ね！　壊したりはしないわよ！　ただ吹くだけ。でも、相澤さんと間接キスってのはどうかと思うし、これちょっと洗ってこよっかなー」

彼女の目つきが変わった。

口の端を上げて笑って見せてから、近くにある水道に向かっていく。

「え!?　ちょ、ちょっと待って、洗うって……」

水をかけられたらおしまい。

泣きそうになりながら、彼女を追いかけようとしたその時、私の横をスッと人影が通りすぎた。

「あ……」

そのうしろ姿を見つめながら目を見開いた。

その人影は、あっという間に彼女の背後に追いついて、彼女が、水道の蛇口に手をかけようとした瞬間に、彼女からフルートを取り上げてくれた。

「何する……えっ⁉」

言いかけて、その人影を見上げた彼女が固まる。そして次の瞬間、頬を赤く染めた。

「水なんてかけたら、これ使えなくなる。返してやってくれる？」

その光景を見て、私はヘナヘナとその場にへたり込んだ。

放心状態のまま、フルートを持つその人を見つめる。

助けてくれたのは流瑠だった。

「お、お、お、大石くん⁉　わ、わ、わたし知らなくて……水かけちゃダメとか、本当にそんなこと知らなくて……イジワルしようとしたとか、そんなんじゃないの」

流瑠は彼女を見下ろしたまま、無言で無表情。

そんな流瑠の威圧的な表情に、彼女たちは青ざめていく。

「相澤さんも早く言ってくれればいいのに！　じゃ、じゃあ、わたしたち、行くねっ！」

彼女たちはこの場からものすごいスピードで立ち去っていった。

流瑠と私、ふたりきりになった裏庭。

私は、まだへたったまま動けない。

流瑠がゆっくりとこちらに歩いてくる。さっき廊下で、私の横を何も言わずに通りすぎた流瑠を思い出して、うつむいてしまう。

でも、今は、足音が私の前で止まって。流瑠が目の前にしゃがんだのがわかった。

「泣いてるのか？」

大好きな声が近くに聞こえる。

「泣いてなんかないよ」

うつむいたままそう答えた。

「じゃあ、こっち見ろよ。桜」

「……」

おそるおそる顔を上げる。

「やっぱ、泣いてるし」

「え？」

流瑠が私の頬に指で触れて、涙を拭う。

自分でも気づかないうちに涙を流していた。

なんで私、泣いているんだろう？　演奏会で失敗したから？　何も言わず通りすぎた流瑠を思い出したから？　流瑠が助けに来てくれたのがうれしかったから？

「桜、もう大丈夫だよ」

「……うん」

うれしくて泣いているのか、悲しくて泣いているのか、それすらもわからない。

それなのに、目から涙があふれて、こぼれて、頬を伝う。

静かに、とめどなく、頬を伝ってこぼれ落ちていく。

この涙は私の想いみたい。

私も知らないうちにどんどんあふれ出てくるの。

ダメかも。頬に感じた指の温もりのせいで。心地いい優しい声のせいで、涙は止まらない……。

「よかったな。フルートが無事で」

「……うん」

「だから、もう泣くな」

涙も、想いも、止められない。

「流瑠……」

「ん？」

〝大好き〟

「……ありがとう」

……いつもみたいに言えないや。

風が舞い、木々の葉と葉がぶつかるざわめきが聞こえる。

だんだんと気持ちが落ちついていく。

目の前に流瑠の手が差し出されて、その手に引っ張られて立ち上がった。

そのままふたりでベンチに座る。

「昼、何か食った？」

「ううん」

「桜が、こんな時間まで食べずにいるなんて、明日は雪が降る」

流瑠はどこかのクラスで買ってきた、炊き込みごはんのおにぎりと昆布のおにぎりとお茶が入った袋を、私の膝の上にポンと置いた。

私の好きな具のおにぎり。

「これ、私に買ってきてくれたの？」

「うん。演奏会のあの様子じゃ食べてないかもなって思ったから」

「演奏会、聞きに来てくれてたんだ？」

「うん」

あんなふうに廊下で通りすぎていったから、今日は、聞きに来てくれていないかもって思っていた。

「情けない失敗しちゃった。流瑠には、バレちゃったね」

「俺が気づいたのは音がどうとかじゃなくて、桜が演奏が終わってから落ち込んでいるように見えたからだよ」

流瑠が私を見ていてくれた。そして、私の表情から私の気持ちに気づいてくれた。

そのことが、すごくすごく、うれしい。

「次、挽回すりゃいい。練習よりそれ食べて元気になるほうが先。あんなに家でも練習してたろ。次は大丈夫だよ」

「うん。食べて頑張る」

「うん。頑張れ！」

そう言って、頭をポンポンとした流瑠はいつもの笑顔だった。

さっき、私を無視して通りすぎた時の顔とは全然違う顔。

おにぎりを食べながら、流瑠の横顔を見つめる。

「ん？」

「なんで、廊下で会った時、何も言わずに行っちゃったの？」

流瑠が少しびっくりしたような顔をした。

何かを考えるように少し視線を落としたあと、私に視線を戻す。

「……桜が上坂に笑ってたからかな。あんな笑顔、久しぶりに見た気がしたから」

流瑠は口角を上げてそう言ったけど、でもその顔が少しさびし気に見えたのは気のせい？

「久しぶり？　そうかな？」

「……うん」

私が笑っていたのと流瑠が話しかけてくれなかったのが、どう関係しているのかはよくわからないけれど、それ以上はなんとなく聞けなかった。

あの時に笑っていたのは流瑠のこと思い出していたからだよ。

思わずそう言ってしまいそうになる言葉をのみ込む。

心を見透かされそうで怖いから。

流瑠を好きになる前なら、平気でそう言っていたけれど、今は自分の心の中を見せるのが怖いって思うから。

もし私の想いが見えてしまって、そのことで流瑠に困った顔をされたら辛いもん。

視線を戻し黙っておにぎりを食べている私に、流瑠が話しかけてきた。

「なぁ。さっきのやつらは何？　桜の友達じゃないよな？　悪口言ってたし」

そして、心配そうに私の顔を覗き込む。

「うん。あの子たちは、上坂くんと……」

そう言いかけて私は言葉を止めた。

流瑠のファンの子がいたことを知れば、流瑠はきっとすごく気にすると思うから。

「上坂の？」

「うん。上坂くんのファンの子みたい。何かちょっと勘違いしてるみたいだった」

「……そ」

「ねぇ、流瑠。雪見さんもあんな思いしてたのかな？」

「雪見？」

「うん」

「雪見のはさっきの桜のとはちょっと違うかな」

「そうなんだ？」

「でも俺、雪見が抱え込んでいた気持ち、今なら少しわかるかもしれないな」

意味深なその言葉が気にかかる。

「抱え込んでいた気持ち？」

「……うん。結構きついかも。想像以上だったよ」

流瑠はそう言って私の頭をくしゃっとなでた。

優しく私の頭に触れる手とは裏腹に、流瑠の表情は一瞬、曇ったように見えた。

流瑠の心が「痛い」って言っている。そんな気がする。

「流瑠？」

「ん？」

流瑠が、笑顔を作って私を見る。

その流瑠の笑顔は、これ以上聞かないでって言っているようにも見えるけれど。

ねぇ？　雪見さんのことを思ってそんな顔するの？

聞きたいけれど、知るのが怖くて口を閉じた。

「桜、帰りにアイスクリーム食べに行こうな！」

ぼんやりと流瑠の顔を見上げたままだった私に、流瑠が言った。

「え……覚えてくれてたんだ？」

「当たり前だろ。何回、おごらされてると思ってんだよ」

びっくりする私の顔を見て、流瑠が笑う。

「ははっ、ごめん」

「だから、一回目の演奏のこととか、あんなやつらに言われたこととか気にせずに頑張れ！」

「ありがとう」

もしかして、流瑠って……。

「私が言われた悪口って聞いてたの？」

「うん、聞こえた。ちょうど桜を探してて、北校舎の二階の廊下を歩いていた時に、開いてた窓から聞こえてきたから」

「……そっか、聞いたんだ」

イヤだな、あんなの聞かれたくなかった。

かわいくないとか、胸がどう見ても……とか。

べつにそんなこと、流瑠にとってはどうでもいいことなんだろうけど、でも、聞かれたくなかった。

「あいつらの言ったこと、気にしてるの？」

「やだな、気になんてしてないよ！　だって全部本当のことだもん。あはは……」

言われた悪口を聞かれたくなかったけれど、それ以上に私がそれを気にしているなんて思われたくない。

全部本当のことだもん。

本当のことを言われて気にするなんて、なんかカッコ悪い。

真剣な顔で私を見つめたまま黙っている流瑠。

〝そうだよな！〟ってイジワルく笑ってくれなきゃ、私の言ったこと、笑いにならないよ。

そんな目で見られたらなんか余計、惨めになる。

「おにぎりごちそうさま。私、そろそろ、行こうかな……じゃ、じゃーね」

このままここにいたら、気が滅入《めい》ってまた泣いてしまうかもしれない。そんな危機感に襲われた私はベンチを立った。

フルートケースを持って歩を進め始めた時、流瑠がボソッと呟いた。

「桜はかわいいよ」

思わず流瑠のほうを振り向く。

届いた言葉に、自分の耳を疑った。

「え？」

ものすごい勢いで、頬に熱が集まってくる。

だってだって……。

「……聞こえたよな？」

「ううん。ううん。聞こえなかった！　もう一回……」

「ウソだろ？　聞こえたんだろ？」

そんなことを、そんなまっ赤な顔で、言うんだもん。

「本当に聞こえなかった。だから、もう一回」

「えっ、い、いや……だから……」

「うん。うん」

初めて、初めて、言ってくれた。

「……うっ、やっぱ、無理！」

いっぱいいっぱいの流瑠を見て、私の心はすっかり満たされていく。

「お願い流瑠！　もう一回でいいから、さっきみたいに言ってよぉ」

「やっぱ聞こえてたんじゃねぇか！」

まっ赤な顔のまま目を見開いているその姿に、胸がほっこり温まっていく。

私きっと、演奏会頑張れると思う。

すごくすごく、頑張れると思う。

「うん、ちゃんと聞こえてたよ！　ありがとう。すっごくうれしかった！」

私の顔を見て流瑠が一瞬、驚いた顔をする。

そのあと、流瑠の頬はみるみる緩んでいった。

――ドクン！

その笑顔を見た私の心臓が跳ね上がる。

――ドクン、ドクン、ドクン……。

そんな大騒ぎしている心臓をさらにおかしくさせるように、流瑠が目の前に立った。

「やっと笑った。俺の前で久しぶりに笑った」

そう言った流瑠も久しぶりに見る全開の笑顔だった。

その笑顔を見て、気がつけば私もまた笑っていた。

「ほら」

「え？」

「桜の笑った顔……かわいい」

そんなことを、そんなまっ赤な顔で言ってくれたら、私。

とんでもない期待を抱いちゃうよ。

流瑠が初めてそんなことを言うから、私の〝想い〟が加速度を増していく。

どんどん、どんどん。〝好き〟が、大きくなっていく。

君の好きな人

「えへへっ」

『桜はかわいいよ』だって。

「ふふっ」

『桜の笑った顔……かわいい』だって。

きゃぁっ！

流瑠にそんなふうに言ってもらってから何日かたつのに、暇さえあればあの日の言葉と流瑠の顔を思い出してジタバタしてしまう。

ずっと言われたいと思っていた言葉は、思っていた以上にうれしかった。

「いったい朝からなんなんだよ、気味悪いな。ヘラヘラしてんじゃねぇぞ」

気がつけば、寝起きの陸人が牛乳の入ったグラスを片手に、私の向かいの席に座って怪訝な顔をしている。

「へ、ヘラヘラなんて、し、してないもん！」

土曜日の朝、朝食が用意されたダイニングテーブルに向かい合って座る私と陸人。

「してたじゃねぇか。赤い顔して、ニヘラニヘラと」

「し、してないわよ……」

図星のため、語尾が弱くなっていく。

「男だな。男のこと考えてたんだろ」

「ぐっ⁉」

食後に飲んでいたミルクティーを噴き出しそうになった。

「図星かよ？　その年にしてやっと色恋沙汰《ざた》かよ！　ウケるな」

「だから違うって！」

「で、流兄とキスでもしたの？」

「ぶっ！」

今度こそミルクティーを噴き出してしまった。

「うわっ！　何してんだよっ‼」

「す、するわけないでしょそんなこと！」

動揺しまくる私を、陸人が鼻で笑い飛ばす。

「まぁいいけど、でも高校生にもなってキスくらいで動揺してんなよ、キスの次はどうするんだよって話だよ？」

「つ、次⁉　あんたは中学生のくせになに言ってんのよ」

「つーか、姉、意味わかってるー？」

陸人が鼻で笑う。

「バ、バカにしたわね！　って……あ、お父さん」

たった今、起きてきたお父さんが、わなわな震えながら、ダイニングテーブルの前に立っていた。

「さ、さ、桜？　……キスって、なんだい？　……その次って……」

しまった！　お父さんに聞かれていた。

面倒くさいこの状況を作った陸人をニラむ。

陸人がどうにかしなさいよね。

「なーんでもないよー。ねー陸人」

「俺は知らない。細かいことは、姉に聞いて」

こともあろうが陸人は知らんぷりで、パンを頬張り始めた。

お父さんはもう泣きそうになっている。

困ったことになったと思っていると、キッチンですべてのやり取りを聞いていたお母さんが助け船を出してくれた。

「桜、もう時間よ。それと、お父さん、全部空耳ですから、落ち込んでないでさっさとごはん食べて下さいね」

お母さんがそうお父さんをたしなめている間に、逃げるように玄関に行く。

今日は、部活だけじゃなくて、そのあとは、前に約束していた上坂くんとの勉強会を二組の教室ですることになっていた。

その時、きちんと告白の返事をしようと決めていた。

流瑠のことは言えないけれど、「好きな人がいる」ってことはきちんと言わなきゃ。

「桜、いってらっしゃい。今晩は流瑠くんの家で食事会よ」

お母さんが玄関まで見送りに来てくれた。

「うん、いってきます！　ん？」

お母さんが私の耳元に話しかけてくる。

「じつのところはどうなの？　流瑠くんとキスしたの？」

「お母さんまでなに言ってんのよ。そんなことあるわけないじゃん！」

興味津々に聞いてきたお母さんに、思いっきり否定をして家を飛び出した。

いったいなんなのよ、陸人もお母さんも。私と流瑠が付き合っているとでも思っているのかな？

私の一方的な片想いなのに。

門を閉めながら、流瑠の部屋を見上げる。

昨日は、夜にテスト勉強を一緒にしようと理由をつけて、久しぶりに流瑠の部屋に行った。

流瑠の部屋に行くのにこんなに緊張したことは今までなかったけれど、ふたりで他愛もない話をしているうちに緊張は解けて、今までの数倍楽しんでいる自分がいた。

「もう行ったかな？」

流瑠は今日、練習試合で南高《みなみこう》に行くと言っていた。

流瑠からは昨日、『桜は明日何かあるの？』って聞かれたけれど、『部活だけ』としか答えられなかった。

ウソをつくのはイヤだったけれど、上坂くんと会うことは言いたくなかったから。

そして、流瑠へのご褒美の水族館デートの日もふたりで決めた。

「楽しみだな」って笑顔で言った流瑠の顔を思い出すと、またニヤけてしまう。、学校へと向かう電車の中でも、ついついニヤけてしまっている私がいた。


一年二組のドアの前に立つ。

部活が思ったよりも長引いて、上坂くんとの待ち合わせ時間に少し遅れてしまった。

上坂くん、もう来ているよね？

大きく深呼吸をする。上坂くんを傷つけないようにうまく言えるかな？

緊張しながら、教室のドアを開いた。

この南校舎の教室は数年前に立て直したばかりで、ドアが新しいからか、開ける時の音がほとんどしない。

教室に入ると、上坂くんは机の上に伏せて眠っていた。

「上坂くん？」

寝顔に声をかけても、反応がない。

よく眠っている。

すいぶん待たせちゃったかな？

どうしようかなと思いながら、上坂くんの横の席に座った。

「うわっ、まつ毛、長い」

閉じられた切れ長の目から伸びる長いまつ毛、高い鼻。

整ったキレイな顔立ちを見て思う。

「そりゃ、ファンの人も出てくるよね……」

そんなことを思っていると、静かな教室に急に大きな音が流れ出した。

「うわっ!?」

机の上に置いてあった上坂くんのスマホが鳴っている。

静かな空間に突然の大音量。

その時ふと見えた画面に表示された文字。

【果穂《かほ》】

……見てはいけないものを見たかも。

「あ、相澤さんごめん。気づかなかった」

着信音で目が覚めたのか、上坂くんが起きた。

今の着信、女の子からだった。しかも、下の名前だけの登録。

これって、結構親しい間柄だよね？

上坂くんが女の子を名字ではなく下の名前で呼んでいるのなんて聞いたことがない。

私だって下の名前だけで登録している男子なんて流瑠だけだよ。

……あ、もしかして？

「あ、ごめんちょっと待っててね」

「うん、全然平気。待ってる」

スマホを覗き込んでメールを読んでいた上坂くんだけれど、そのメールに返事も打たずにスマホをスクールバッグの中に片づけてしまった。

「いいの？　返事打たなくて？」

「ううん、べつに返す必要ないから」

「……そうなの？」

「うん、前に話した僕の幼なじみだから」

やっぱり。そうじゃないかと思った。

「メールのやり取りしてるってことは、普通に話せるようになったの？」

「んー、ていうか、この間言われたんだ『好き』って、今さらだよね」

「すごいじゃない！　よかったね上坂くん！」

想いが通じ合ったってことだよね。

「……あのさ、結構、傷つくんだけど。ついこの間、勇気を出して誰かさんに告白したんだけどなぁ。僕」

「え？　……はっ!?」

「わかってくれてるのかなぁ？　今、僕が好きなのは、相澤さんなんだけど？　だから、相澤さんに『好き』って言ってもらわなきゃ意味がない」

「ご、ごめん」

好きな人にふられるって、きっとものすごく辛いんだろうな。

まだ、ふられた経験はないけれど、流瑠のことを好きになった今、それくらいの想像はつく。

「僕は相澤さんを好きになれたから、果穂にふられた時の傷なんてキレイさっぱり消えたんだよ。だから、相澤さん、ありがとう」

上坂くんが優しくほほえんだ。

「……」

その笑顔を見ていると、言おうと思っていた言葉をのみ込んでしまいそうになる。

今度は私が上坂くんを傷つけてしまうのかな？　二回も好きな人に背を向けられて、上坂くんは大丈夫なのかな？

でも、私じゃあ、上坂くんの気持ちには応えてあげられない。

「昔の話はもうやめよ。さぁ、勉強しなきゃ。相澤さんの赤点と僕のデートがかかってるからね」

そう言いながら、机の上に英語の教科書とノートを置く。

やっぱり、無理だよ。流瑠以外の人とデートなんてできないし、したいって思わない。だから、やっぱり、ちゃんと言わなきゃ！

上坂くんは大切な友達。だからこそ、きちんと言ってわかってもらわなきゃ。

「あ、あの、上坂くん！」

「『You, ll be amazed at how quickly the seed will grow.』。はい、これ訳して！」

「あ、えぇっと……なんだろ？」

しまった！

告白の返事をする前に勉強が始まってしまった。

「べつに難しくないよ。howをこう訳して、主語・動詞をこうやってくっつけて」

ノートにスラスラまとめていく。

「あ！　わかった。こうかな？」

「そうそう、あと『びっくりしますよ』ってつければいいんだよ」

「なるほど！」

すごくわかりやすい！　そういうことだったんだ！

上坂くんはどんどんテストに出るだろう問題の解き方のコツを教えてくれる。

「上坂くん教えるのうまいね。すごくよくわかる。じゃあ、ここのthatは、どういう意味で使われているの？」

そう言ってから上坂くんを見上げると、肘をついた姿勢で私を見つめながらほほえんでいた。

何かを大事に包み込むような優しい笑顔。

上坂くんもこんなふうに笑うんだ。

私はもうひとり、こんな笑顔をする人を知っている。

そう、流瑠。

流瑠も私を見ながら、こんな笑顔をよくする。その笑顔はとても私を安心させてくれる。流瑠のその笑顔が私は大好き。

「相澤さん？」

そんなことを考えながらその笑顔を見ていた私の顔を、上坂くんが不思議そうに覗き込む。

「うん。上坂くんってたまに流瑠と同じような笑顔で私を見るなぁって思ってたの。前から、上坂くんの笑顔って、何か安心できるなって思ってたけど、今、気づいたよ。流瑠がするような優しい笑顔だったんだ」

「……」

でもね、同じようでも、私にとっては違うの。

「あのさ、上坂くん。この間の返事なんだけど……ん!?」

上坂くんは私の言葉を遮るように、指先で私の唇をふさいだ。

「この間、まだ返事しないでって言ったよ」

「んんっ!?」

びっくりして、私は一瞬にして何も言えなくなってしまった。

男の子に唇をさわられるなんて初めてで、固まってしまう。

流瑠にもさわられたことないよ。

「わかった?」

固まったまま、首だけうんうん頷く私を見て、上坂くんが指を唇から離す。

「でも、やっぱりね、私、ちゃんと話さないと」

口元が自由になったと同時に、やっぱりさっきの続きを話そうと試みるけれど……。

「相澤さん！」

今回は指で唇はふさがれなかったけれど、言葉で遮られた。

でも、でも、引けないよ。

「聞いてほしい」

「ねぇ、それ以上言ったら、今度は僕の口で相澤さんの唇をふさぐよ。いいの？」

口で唇を⁉　キスだよねそれ⁉

「なっ、なっ……っ⁉」

激しく動揺してしまった私は、首を思いっきり横に振るのが精一杯で、まったく何も言えなくなってしまった。

完全に口を閉じた私を見た上坂くん。

「よし、いい子」

そう言うと、私の頭をなでて顔を覗き込んできた。

「っ……ひゃぁっ！」

至近距離になった顔が、さっきの『相澤さんの唇をふさぐよ』という上坂くんの言葉を鮮明に浮かび上がらせて、思わずイスごとガタガタとうしろへ逃げる。

「相澤さんかわいい。顔、まっ赤」

上坂くんが声を殺して笑っている。

すっかり、上坂くんのペースに巻き込まれた私は、心を落ちつかせるためにイスから立ち上がった。

「わ、わ、私、ジュ、ジュースでも買ってくる。か、上坂くんの分も買ってくるから！　上坂くんはここにいてね！　ひとりで行くから！」

そう、言い終わるや否や教室を飛び出した。

廊下に出て、深呼吸をする。気持ちを落ちつかせるようにゆっくりと。

ダメだ。完全に上坂くんペースだし。どうしよう……。

上坂くんは『まだ言わないで』って言ったけど、『まだ』っていったいいつまで？

この調子じゃ私、上坂くんに一生言えないような気がしてきた。

告白されるのも、断るのも、初めての経験だからどうしていいかわからない。

そんなことを考えながら、階段を一階まで下り自動販売機のあるコーナーに歩を進めていると、聞き覚えのある声が聞こえてきた。

「え？」

曲がり角の向こうから聞こえてきた声は、姿は見えなくても、間違えるはずもない流瑠の声。

なんでここにいるの？

南高との練習試合が終わって帰ってきたのかな？

角を曲がって流瑠に声をかけようとした直前、私の耳に聞こえてきたのは雪見さんの声だった。

「……流瑠くん。……だから……」

雪見さん？　流瑠と雪見さんが一緒にいるの？　ふたりっきり？

足が止まる。どうしよう。

ふたりのところに行く勇気はないし、ふたりの前を通りすぎて自動販売機に行く自信もない。

だって、普通に振る舞えないと思うから。

ダメ、やっぱり教室に戻ろう。

上坂くんには、ジュースを買えなかったことをうまくごまかして、教室に戻ろう。

ふたりの話は聞きたくない。また嫉妬して、イヤな感情に襲われると思うから。

でも……やっぱりどうしても気になってしまった私は、そのまま足を止めてしまった。そして、最低なことだとわかっていたけど耳を澄ます。

一番に聞こえてきたのは、流瑠の声だった。

「この間も言ったよ。雪見の言うイヤがらせが本当なら、俺とは一緒にいないほうがいいって。みんなにただの友達だって思わせるのが一番いいだろ？」

次に聞こえてきたのは、雪見さんの声。

「そんなのわたしはイヤ。べつにイヤがらせされても、流瑠くんがそばにいてくれたらそれでいい」

「それは無理だよ」

あまりの会話の内容に、心臓がバクバクと大きく音を立て始める。

「どうして？　相澤さんだって言ってたでしょ。そばにいてあげてって」

突然出てきた私の名前に、肩がビクリと跳ねてしまった。

「桜がなんて思ってようと、関係ないよ。俺の気持ちはそうだから」

「……」

「俺には好きな子がいる。その子に誤解されたくないんだ。本当に大切な子だから」

好きな子。本当に大切な子。

流瑠のその言葉を聞いて、頭が真っ白になる。

「じゃあ、わたしはどうなるの？　流瑠くんのせいでこんなにイヤな思いをしてるのに……もう少しくらい一緒にいてくれてもいいんじゃないの？」

「雪見、違うだろ？　俺が本当に何も気づいてないと思ってる？　ちょっと調べれば、全部ウソだってわかったよ……。どうしてこんなにすぐにバレるようなウソをついたんだよ？」

え？　ウソ？　イヤがらせってウソだったの？

「そんなの決まってる！　少しはわたしのこと気にかけてほしかったからだよ。だって流瑠くんは、どんなに頑張ったって、何したって、一瞬だってわたしのこと見てくれないじゃない！」

「……」

「卑怯だってわかってた……でも、流瑠くんのことが好きなんだもん。こっち見てほしいんだよ。流瑠くんにはこんな気持ちわからないでしょ？」

雪見さんの言葉が自分に重なって、胸がギュッと締めつけられる。

「わかるよ、たとえ卑怯だってわかっていても、どんな手を使っても、好きなやつをつなぎ止めたい、振り向かせたい気持ちはイヤなほどよくわかるよ」

流瑠の声が痛々しく感じる。

「流瑠くん……」

「でも、桜を巻き込むのは許さない」

少し厳しい口調に変わる。

え？　私？　巻き込むって？

「イヤがらせのこと、桜に言う必要なかったよな？　それに、文化祭のこと聞いたよ。

桜に絡ませるように、あいつら八人をけしかけたの雪見なの？　そのうちのひとりがあとで言いに来たけど、本当なのかよ？」

あの、フルート奪った子たち？　あれは雪見さんが仕掛けたこと？

「けしかけたなんて！　わたしは本当のことを言っただけ！　だって相澤さん、流瑠くんには甘えっぱなしだし、上坂くんのことも！　ふたりを弄《もてあそ》んでいるように見えるってそう言っただけだもん！」

私ってそんなふうに見えるんだ？

「桜はそんなやつじゃねぇよ」

かばってくれる流瑠の言葉に、胸がギュッてなった。

「だってそう見えるじゃない！　それなのに、流瑠くんにこんなふうにかばわれる相澤さんに腹が立つのよ」

「……」

「流瑠くんは、どうして振り向いてくれない相澤さんのことが好きなの？　どこがいいのよ！　教えてよ！」

……え？　雪見さん、今、なんて言った？

流瑠の次の言葉を待つ私の胸が、痛いほど激しく打ち始めた。

「そういう理由で、桜にイヤがらせしてるなら無駄だよ。それ、勘違いだから」

「え？」

「……俺が好きなのは桜じゃない。桜は、ただの幼なじみだよ」

その言葉は、怖いくらい鮮明に私の耳に響いた。

「俺が好きなのは別の子。だから、桜を巻き込んだってなんの意味もねぇよ……」

もうこれ以上聞きたくなかった。

そう強く思ったせいか、流瑠の声も、雪見さんの声も遠くなっていく。

そうだ、こんなところで時間を潰している場合じゃなかった。教室に戻らなきゃ。

ふたりの声がするほうに背を向けて、さっき来た道を早足で引き返す。

びっくりしたなぁ。

この間、マサくんが言っていたことは本当だったんだ。

流瑠には好きな子がいる。

こんなにずっと一緒にいて、まったく気づかなかったなんて。本当に私、流瑠が言うように鈍感なんだね。っていうか、幼なじみ失格？

『俺には好きな子がいる。その子に誤解されたくないんだ。本当に大切な子だから』

いたんだね。そんなに、そんなに、大切な子が。

階段を一歩、一歩、上っていく。

見上げると、踊り場の窓から見えた空の青色がやけに眩しかった。

……そっか。私、失恋したんだ。

流瑠に気持ちを伝えないまま、失恋しちゃったんだ？

……まぁ、気持ちを伝える勇気なんてなかったけれどね。

階段をどんどん上っていく。

意外だったな。

失恋って、もっともっと辛いものだと思っていた。

マンガやドラマや小説にあるように、ボロボロと泣き崩れて、目なんかまっ赤になっちゃうもんだと思っていた。

案外平気なものなんだね。

四階のフロアに足を踏み入れる。

私、平気。きっと、涙も出ない程度の想いだったんだよ。

そうだよ。この気持ちはすぐに忘れられる。

一年二組の前につき、教室のドアを開いて中に入ってから、うしろ手にそっとドアを閉めた。

「相澤さん遅かったね。それより、手ぶらで行ったような気がしたんだけど、財布持ってた？」

「あ……そうか、お財布ね、忘れてた。私ってばおっちょこちょい。またあとで買いに行ってくる」

「え？　もういいよ。それより勉強の続きしようよ」

「うんする。勉強する。平均点は取らないとね」

「あはは、目標低くない？」

私が失恋したことを流瑠は知らない。そもそも私の気持ちを流瑠は知らないんだもの。ちょうどいい。

この想いを封印すれば、初めからなかったことにできる。

「よーし。思い切って目標は百点にするね」

「ははっ、いきなり目標上げすぎ……って、え？　相澤さん？」

封印すればいい。

「……あれ？」

机の上が、水滴でどんどん、どんどん濡れていく。

「なんでぇ？」

それが、自分の涙だと気づくのに、ほんの少し時間がかかった。

「ご、ごめん……急に、泣いてごめん……」

〝封印すればいい〟そう考えた私に、〝無理だよ〟と答えた心が〝想い〟を涙に変えてあふれさせる。

止まらない涙を手で拭いながら、私はどうしようもなく流瑠が好きなんだと思い知らされる。

「と、止まらない……もう……」

「……」

思い知らされる……。

好きと気づいたのは最近だけど、ずっと一緒にいた十五年間、きっと私は少しずつ、少しずつ〝好き〟を心の中に溜め込んできたんだと思う。

私が初恋っていうものを、この歳まで知らなかった理由。

それは流瑠だったんだね。

私の目には流瑠しか映っていなかった。

少しずつ溜め込んできた〝好き〟が胸に収まらなくなって、あふれ出てきてやっと気がついたんだ。

バカだなぁ私。鈍感だなぁ私。

気づかなかっただけで、今までずっと心の中には、流瑠がいたんだね。

だから、無理だよきっと。

「……っ……うっ……」

これからも、私は流瑠のことが好きなままで、この想いを簡単に消すことなんてできない。

「……ごめん。私、帰る」

席から立ち上がりスクールバッグを持とうとした私の腕を、上坂くんが掴んだ。

「え？」

にじんだ視界で上坂くんを見る。

イスに座っている上坂くんが私を見上げていた。

「そんなままで、帰せるわけがない」

「ううん。私もう大丈夫だから、お願い、離して」

話している間も涙は止まってくれない。

こんなに泣いているところを見られて、恥ずかしいよ。

早くこの場を離れたくて、私は必死だった。

「大丈夫じゃない！　なんでそんなに泣いてるの？　いったい何があったの？」

「なんにもない……」

「そんなわけない！　もしかして、僕が告白の返事をさせないから泣いてるの？」

「……ちが、違うよ」

上坂くんが私の両手を掴んで下から顔を覗き込んでくる。

「じゃあ、何があったの？　言えることだけでいいから話してみてよ。じゃないと離してあげない」

　イジワルなことを言ってくるけれど、心配してくれているのが伝わってくる。前に私が泣いていた時も、そばにいてくれた。冗談を言って笑わせてくれることもあった。

　いつも、軽く気持ちを伝えてくるけれど、、きっと本当に私のことを好きでいてくれているんだとわかる。でも……。

「ごめんね、上坂くん。それでも私は……最低だよね。ごめんね。ごめんね」

　それでも私は上坂くんの〝優しい笑顔〟を見るたびに、流瑠の顔を思い浮かべてしまうの。

「何をそんなに謝っているのかわからないよ？」

「ごめんね。やっぱり上坂くんとは付き合えない。私、好きな人がいる。この間、気づいたの」

「……」

「こんな気持ちがあるのに、上坂くんへの返事をほったらかしにしておけない」

　上坂くんに思っていることを伝えた。

「その人と付き合うの？」

「ううん、私、ふられたの。でも、やっぱり好きだから」

口に出すと、心が潰されそうなほど痛かった。

「え？　ふられた？」

上坂くんは、ものすごくびっくりしたような声で聞き返してきた。

「うん、告白はしてないんだけど、〝私じゃない他の人を好き〟って話しているのを、偶然聞いちゃったんだ」

上坂くんは、私の言葉を聞き、考え込むように目線を落とす。

少し何かを考えてから、ゆっくりと私に視線を戻した。

「もしかして、聞いてきたのは今？」

「うん、ごめん。意外と平気かもとか思ったんだけどな……バチ当たっちゃった。立ち聞きなんてするから」

「そっか……」

「その人が私のこと好きなわけないんだけどね。最初からわかってたけど、やっぱり本人が口にしているのを聞くと……きつかった」

少し落ちつきを取り戻そうとしていた心が、またうずき始める。

涙が勢いよくこぼれ落ちた。

涙を拭おうとして、上坂くんに握られた手を解いた時、上坂くんが勢いよくイスから立ち上がった。

びっくりして涙を拭くのも忘れてしまった私を、次の瞬間、上坂くんは抱きしめた。

一瞬何が起こったのか理解できず、固まってしまった私の頭がまた動き出す。

「か、上坂くん！」

「何？」

上坂くんの腕にがっちりガードされ、右も左も逃げ場のない私は、ジタバタしながら抵抗してはみたものの男の子の力に敵うはずもなくて。

「は、離して」

「イヤ」

間髪をいれずに返事が戻ってくる。

「……困るよ、それは」

「そんなこと言われても、そもそも相澤さんが悪いんでしょ」

「え？」

「そんな顔して泣かれたら、そいつのことそんなに好きなの？ってくやしくなる。だから、この一瞬だけでも僕のことで相澤さんの頭をいっぱいにしてやりたくて、こうしてるんだよ」

「……上坂くん」

そうだよね。上坂くんと私は同じなんだ。

好きな人が別の誰かを思っている苦しさを抱えている。

私は上坂くんを傷つけているんだ。

そんなふうに考え込んで、抱きしめられていることも、抵抗することも忘れている
私に上坂くんが言った。

「僕は大石くんと同じ笑顔なんでしょ？　なら、僕にしときなよ」

上坂くんが口にした言葉を聞いて、思わず抱きしめられた姿勢のまま顔を上げる。

「も、もしかして、知ってたの？」

私が流瑠を好きだってこと。

「うん、前から気づいてたよ。相澤さんはまだ、自分の気持ちに気づいてなかったみたいだけどね」

「そっか」

「僕にしなよ」

いつも強気な上坂くんなのに、今の声は弱々しく聞こえた。

「でもね、上坂くん……」

上坂くんの顔を見上げて、そう言葉をつないだ時、

「あ……」

上坂くんが遠くの何かを見つめて、息を漏らすような小さな声を出した。

その目線の先は、ドアのあたり。

もしかして、誰かいるの？

慌てて私も振り向こうとしたけれど、上坂くんが抱きしめている腕に力を入れたから振り向けなかった。

「あの、上坂くん！　とにかく離して、お願い」

手で、胸元をグイッと押し返した瞬間、意外にも簡単に上坂くんは腕を離した。

解放された体で、うしろを振り向くと、さっきと違う景色が目に入る。

「あれ？　ドアって、開いてたっけ？」

「……さっき開けっぱなしで入ってきたのは相澤さんでしょ？」

「え？　そうだった？　おかしいな？　閉めたと思うけどな？」

正直、記憶は曖昧。

上坂くんがそう言うならそうなのかもしれない。


涙も止まり、落ちつき始めた私は、帰る準備をして上坂くんと教室を出た。

今日は流瑠の家で食事会だから、流瑠と顔を合わせないといけないな。

流瑠に普通に接することができるのかな、私。

考えれば考えるほど、気が重くなってくる。

教室内の時計を見れば夕方四時をすぎていた。

お母さんは流瑠のママさんのお料理の手伝いをするから、もう流瑠の家に行っているはず。

「相澤さん」

「……」

「相澤さんってば」

「……え？」

「やっと気づいた」

「あ、ごめん。ちょっとぼんやりしてた」

いろいろ考えながら歩いていたら、学校の近くの駅にもうついていた。

「家まで送るよ。心配だし」

「ううん、いい。もう、大丈夫。ひとりで帰れるよ」

「じゃあ電車が来るまでね」

上坂くんはそう笑って、自分の家とは逆方向のこのホームにつき添ってきてくれた。

そういえば、サッカーの試合があった日の夜、家まで送ってくれた上坂くんと流瑠が、私から離れて何か話してたんだった。

「ねぇ、上坂くん。この間家まで送ってくれたことあったでしょ。あの時、流瑠と何を話してたの？　流瑠、結構傷ついてたように見えたけど？」

「『傷ついてた』？　大石くんが？」

上坂くんはびっくりした声でそう言い、また話し始めた。

「それは、僕の言ったことが原因じゃないよ。そりゃ僕もいろいろ言ったけど、でも大石くんのほうが僕に言いたい放題言ってたよ？」

上坂くんが意外なことを言うので驚いた。

「そうなの？　てっきり言われたい放題だったのかと。だって、私の前じゃ流瑠、上坂くんになんにも言い返してなかったから」

「ひどいなぁ。それじゃぁなんか僕が一方的にいじめたみたいじゃない？　何も言わなかったのは相澤さんの前だからじゃない？」

そうだったんだ？

まぁ、私とやり合う時のことを思い出しても、流瑠が黙ったまま言われたい放題のはずがないか。

私が無言でいると、上坂くんがゆっくりと口を開いた。

「大石くんを本気で傷つけることができる人は、世界中にひとりしかいないと思う」

そっか、それは。

「流瑠の好きな人？」

「そうだね」

「……」

「それは、僕にとっては相澤さんで、相澤さんにとっては大石くんか」

「ごめんね。上坂くん」

傷つけてごめんね。

私もその痛みを知っているから、傷つけるのは辛い。

でも、ごめん。謝ることしかできない。

「謝ってないで、僕にしなよ。そしたら、そんな顔しなくて済むのに。僕も傷つかない。一石二鳥じゃない？」

上坂くんが私の両手を握りそう言った。

「上坂くん、それは違うよ。そんなことしたら、私は今よりもっともっと上坂くんを傷つけることになると思う」

「どうして？」

「上坂くんに、私の本当の笑顔は見せてあげられないから」

「……」

私は思うよ。

「私のことを〝本気で傷つけることができる人〟しか、私の〝本当の笑顔〟は引き出せない」

だから、流瑠にしかできないの。流瑠にしか無理なの。

私の言葉を聞いた上坂くんの指がピクリと反応した。

それに心が痛むけれど、今、きちんと私の思いを伝えないと、どんどん上坂くんの傷をえぐるような気がするから。

「子どものころからそうだった。流瑠の笑顔を見るといつも、私はその笑顔につられるように笑ってた。流瑠といると、心が温かい気持ちでいっぱいになるの」

「だけど、大石くんは相澤さんにそう思われるのは迷惑なんじゃない？　自分が、相澤さんの気持ちに応えてあげられないことに責任感じて傷つくんじゃない？　僕と僕の幼なじみがそうだったように」

そのとおりだと思う。

私を妹のように大切にしてくれている流瑠なら、上坂くんが言うように責任を感じて傷つく気がする。だから……。

「私はこれから先も、自分の気持ちを口にしないし、態度にも出さない」

上坂くんに言いながら自分にも言い聞かせる。

「本気？」

「うん。流瑠のことは絶対に傷つけない」

好きだから傷つけたくなんてない、絶対に。

「そっか、でも人の気持ちは変わるんだよ。僕が果穂のことを忘れて相澤さんを好きになれたように、時間とともに変わるんだよ」

ごめんね、上坂くん。でも、これからも私はきっと。

「ずっと流瑠のことを好きなんだと思う」

私の手を掴んでいた上坂くんの手が離れていく。

ホームに電車が入ってきた。

上坂くんを見ると、笑顔で「乗りなよ」と合図してくれた。

「わかってくれてありがとう、上坂くん」

電車がゆっくりと停車する。

電車のドアが開いて、私は上坂くんに「バイバイ」と手を振ってから、背中を向けて電車に乗り込んだ。

「……相澤さん。あの日、大石くんが僕に何を話したのか、ちょっとだけ教えてあげようか？」

背中越しに聞こえた、上坂くんの言葉に振り返る。

「宣戦布告だよ」

「え？　宣戦布告？」

なんの？　私がそう聞くより早く、上坂くんが口を開いた。

「それから僕の気持ちだけど、相澤さんが大石くんと付き合うことができたら、諦めてあげることにするね。それまでは僕、諦めないから」

満面の笑顔で手を振る上坂くんがそこにいた。

「えぇっ!?　上坂くんのイジワル……」

そのひと言をかき消しながら、電車のドアが閉まった。

私の決心、君の決心

駅から家まで続く道をゆっくり、ゆっくり歩いていく。

家まであと五分。足取りが重くなるのを感じながら、まわりの景色を見渡してみた。

もうすっかり通い慣れた道。

高校に入学してから、流瑠と一緒に何度この道を往復したかな？

ふたりで駅前の本屋で立ち読みして、大笑いして店員にニラまれたこともあった。

ふたりで『おなかすいた！』とハンバーガーショップのポテトを半分こしながら帰ったこともあった。

流瑠におごってもらったアイスクリーム。

雪見さんに嫉妬して、手をつないで帰ったこともあった。

ねぇ、流瑠。その時どんな気持ちだったの？　どんなこと考えていたの？　その時くらいは、私のことで頭をいっぱいにしてくれていた？

流瑠のいない右側。

怖いくらいにわかるんだ。流瑠の、左手の位置、左肩の位置、横顔の位置。

日常だった。合わせてくれる歩幅も、歩いているとたまにぶつかる体の一部も、目と目が合った時の優しい笑顔も。

どれだけ、どれだけ、そのすべてが大切なものだったのか気づいてしまったのに。

——『……俺が好きなのは桜じゃない。桜は、ただの幼なじみだよ』

私の指定席だった流瑠の左側には誰が来るの？

苦しくなった胸元を握りしめる。

じわっと視界をかすめるモノを、深呼吸して無理やり閉じ込めた。

しっかりしなきゃ。

もうすぐ家についてしまうから、今、絶対に泣くわけにはいかない。もし、泣いているところを藍ちゃんや陸人なんかに見られたらおしまいだよ。

あれこれ詮索《せんさく》されてしまう。それだけはなんとしてでも避けたい。

私は気持ちを隠し通すって決めたんだから。

「桜！」

——ドクン！

前方から聞こえてきたよく知っている声に心臓が跳ね上がる。

なんでいるの？　おそるおそる顔を上げた。

——ドクン、ドクン、ドクン……。

こちらに向かって走ってくる流瑠を見つけた。その姿を見て心臓が鳴りやまない。

「桜、おかえり！」

目の前に立つ顔を見て、異常なまでの緊張感が私を襲う。

「た、ただいま！　な、なんでこんなとこ？　ど、どこか行くの？」

まともに喋れない自分にびっくりして、思わず目を逸らしてしまう。

「……桜を迎えに来たんだ」

予想外の答えを耳にして、また流瑠に視線を戻す。

流瑠は手に持っていたスマホをデニムのポケットに突っ込んだ。

「え？　なんで？　まだ、こんな時間だよ？」

迎えに来てくれたと言うけれど、食事会の時間にはまだ間に合っているし、外はまだ明るい。

不思議に思っていると、流瑠は私の顔を覗き込んで言った。

「今まで何してたの？」

さっきより近づいた顔に動揺して視線が定まらなくなる。

「今日、俺、南高で試合したあと、ボールを置きに学校へ戻ったんだ。もしかしたら桜いるかなって部室を覗いたら『もうとっくに帰ったよ』って聞いたんだけど」

上坂くんと勉強するって、言いたくなくて言わなかったんだった。

〝そうそう！　忘れてた！〟とか言って、上坂くんと勉強していたことを普通に伝えればよかったんだろうけど、抱きしめられたシーンを思い出して言えなくなる。

「あぁ、うん、ちょっと寄り道してた」

ウソをついたうしろめたさに、視線が泳いでしまう。

「ひとりで？」

「……うん。本屋に行ったり、雑貨屋に行ったり、ちょっとブラブラしてきたの。楽しかったよ。何も買わなかったけどね」

「へぇ、そうなんだ？」

「うん……」

流瑠との会話に少し空白が開いた。

その時、うしろから「チリン」と自転車がベルを鳴らす音が聞こえる。

流瑠が「危ない」と言いながら私の肩に手を添え、自転車からかばうように私の隣にピッタリ立った。

──ドクン！

また心臓が跳ね上がる。その鼓動を押さえるように、小さく深呼吸した。そんな私の顔を流瑠が覗き込む。

「俺の目、見て」

私の肩に添えられた流瑠の手に少し力が込められるのを感じた。

近すぎる距離と、流瑠の言葉。私の肩に触れるその手、そのすべてが私をおかしくさせる。

私、顔赤いかも、っていうより、まっ赤かも。

それを隠したくて、うつむいてしまう。

「桜、こっち見ろ」

流瑠の少し苛立ったような声が聞こえた。

その声に観念するようにゆっくり顔を上げる。

私の赤いだろう顔を見て流瑠が驚いたように一瞬目を見開いた。

そして、そのあとすぐ眉間に力を込めて言った。

「じゃぁ今日、二時以降には学校にはいなかったんだよな?」

「……う、うん」

二時以降……?

流瑠の不思議な質問に戸惑いながらも、部活は一時すぎには終わっていたので、さっきのウソに合わせてそう返事した。

二時には思い当たるものがある。あの自動販売機に行くために廊下に出た時に、私はスマホを見た。そう、たしか二時台だった。

それを思い出して、動揺しながらも頭がグルグルする。

もしかして、立ち聞きがバレているの？　だからちょっと怒っているの？　でも、あの場所で私が聞いているのを流瑠が気づくわけないよね？

雪見さんも気づいている様子もなかったし。

「わかったよ。ごめん、変な質問して」

流瑠の言葉に安堵の息をつく。

大丈夫だった？　バレていなかった？

「でも珍しいな？　桜がひとりでブラブラするなんて」

「うん、なんだか急に行きたくなっちゃってね」

なんとか流瑠をごまかせた安心感からか、急にスラスラ話せるようになったと、ホッとした矢先。

「でも、桜、学校の近くでブラブラしてたんだろ？　おかしいな？」

「えっ⁉　な、何がおかしいの？」

「俺も帰りに本屋とかいろいろ寄ったんだけど、会わなかったなと思って」

予想外に投げかけられた疑問に、再び動揺する。

「え、あっと、ち、違うの！　今日は……そ、そう！　電車に乗って、東山駅まで行ったの」

ひとつついたウソのツジツマを合わせるために、まるでドミノを倒すかのごとくウソを重ねていく。

「前に行ったプリンパフェのお店のところ？」

「うん！　今日もいっぱい人が並んでたよ」

「へぇ？」

「な、何？」

「たしかあのプリンパフェの店は移転したって聞いたけど？　今はお好み焼きの店になってるって聞いたけどなぁ」

「え、なっ⁉　そ、そうだった！　うん、お好み焼きの店だった。おいしそうな匂いしてたもん！　人もいっぱい並んでたから、プリンパフェだったかな？とか勘違いしちゃってた。あははは……」

私の乾いた笑いが響く。でも、流瑠の顔に笑顔はなくて……。

「……ウソだよ」

「え？」

「プリンパフェは移転なんかしてねぇよ」

「なっ、えっ⁉　引っかけたの？　流瑠のウソつき！」

「ウソつきはお互いさまだろ？」

流瑠は、私の目を見据え、怖い顔をしている。

やっぱり、立ち聞きしたことがバレたんだよね。だから怒っているんだよね。

だから、カマまでかけて聞き出そうとしたんだ？

でも、盗み聞きしたのがバレても、私が流瑠を好きなのがバレるわけじゃない。下手に隠し続けるほうが怪しまれるかもしれないよね。

そう思った私は流瑠に素直に謝った。

「あの、ごめん。でも、本当に聞くつもりじゃなかったの。たまたま、偶然っていうか、つい……」

文句を言われるのを覚悟の上で、流瑠の顔を見上げそう言うと、意外にも、流瑠の反応は違っていた。

「え？『聞くつもりじゃなかった』って？」

私の言葉を聞いて、怖い顔からびっくりした顔に変わる。

「え？　あれ？　……違うの？」

「さくらぁあぁぁぁあぁぁあ!!」

私が流瑠に説明しようと話し出したその時、背後からものすごい叫び声が近づいてきた。

バタバタと響く足音とともに聞こえてきた騒がしい声は、お父さんだった。

「おじさん？」

「お父さん？」

お父さんが私と流瑠のところに辿りついた。

「……はぁ……はぁ……さくらぁ」

お父さんは会社帰りみたいでスーツを着ていた。

どこから走ってきたのか、完全に息が切れている。

「お父さん、そんなに急がなくても、食事会の時間には間に合ってるよ？」

ゼーハーゼーハー肩で息をしているお父さんの形相はただならぬもので、私と流瑠は今までの気まずさも忘れて、思わず顔を見合わせて首をかしげた。

「あの……あの男は……どこ行った!!」

「はい？　あの男？」

言っている意味がさっぱりわからない。

「さっきの、あの男だぁっ！」

お父さんの涙まじりの大声に、通行人が振り返る。

私は言われた内容を噛みしめるよりも、恥ずかしさのほうが先に立ってしまった。

「お、お父さん。人が見てるから、行こう……」

私がそう言い終わるや否や、お父さんは私と流瑠の手首を掴み、家に向かって走り出した。

「ちょ、ちょっと！　お父さん痛いよ！　なんなの？」

私の言葉に耳もくれず、お父さんは無言のまま。

あっという間に流瑠の家についた。

お父さんは、まるで我が家かの如く流瑠の家のドアを開け、リビングに入る。そこで、やっと手を離してもらえた。

流瑠の家にはもう、全員集まっていて。

キッチンでは、流瑠のママさんとお母さんが食事会の準備を。

リビングでは、流瑠のパパさんと藍ちゃんと陸人がテレビを見てくつろいでいた。

その和やかな雰囲気の中、私と流瑠、そして、私の前に立ちはだかるお父さんだけが不穏な空気に包まれていて、次の瞬間、お父さんの涙声によって、この家から和やかな雰囲気は完全に消えた。

「桜ぁ、なんなんだあの男は？」

全員の視線が一斉に私に集まる。

「だから、お父さん、さっきから何を言ってるの？　さっぱりわかんないんだけど」

「お、お父さんは見たんだぞ！　さっき駅のホームで一緒にいた男は誰だ？」

駅？　ホーム？

あぁっ!! もしかして上坂くんのこと?

目を見開いて固まると、流瑠が私のことをジッと見てきた。

お父さんは、大切な商談を済ませ、会社に書類を置きに帰る途中で私と上坂くんがいたホームとは反対のホームに来た電車に乗っていたらしく、電車の中から、私と上坂くんの姿を見かけたらしい。

「今回はごまかしたって無駄だぞ! お父さんはこの目で見たんだからな! 誰なんだあいつは!」

みんなの視線が痛いほど、私に突き刺さる。

「友達だよ。クラスの友達」

「友達だぁ!? あんな仲よさそうにして!」

「そりゃぁ友達だもん。仲よく喋るよっ」

今日はいろいろあってそれだけでも疲れているのに、お父さんの訳のわからない怒りに付き合わされて、私の怒りもピークに達しようとしていた。

「あいつはなんて名前なんだ?」

「どうしてお父さんに名前なんて言わないといけないのよ!」

「どうして言えないんだ? あっ! やましいから言えないんだろう! どうなんだ、桜っ!」

お父さんの妄想の暴走に、私の中で何かがキレた。

「その友達とは一緒に勉強してただけ！　名前を聞いてどうするつもりよ！　上坂くんに何か言いに行ったりしたら、絶対に許さないからね！」

私は怒りのあまり、お父さんにぶちまける。

そして次の瞬間、思わず口をふさぐ。

しまった！

私、今……言っちゃった？　よね？

「上坂くんってたしか、桜ちゃんのことを『キレイ』って言った子じゃなかった？」

藍ちゃんが陸人に呟いた、着色された記憶が、静まり返ったこの部屋に響き渡る。

「そうだ！　愛の告白をした天然記念物男だよ！」

陸人が叫んだ。

「やっぱりそうなのか！　付き合ってるのか！　ホームでイチャイチャ手なんかつなぎ合って！　許さんからな！」

「えぇっ！　イチャイチャしてたのかよ！　そいつと」

「手をつないでたの？　そうなの桜ちゃん？」

陸人と藍ちゃんが口々に言う。

「ち、ちが……」

つなぎ合っていたんじゃなく、握られていただけ。

でもこの間違いを訂正しても、それはそれで騒がれそうだから言えない。

否定する暇もなく、みんなの妄想が瞬く間に広がっていく。

「もしかして、姉、今朝ヘラヘラニヤけてたのって、今日そいつとデートだったからかよ？」

「デ、デートしてたのか！　桜!!　親を部活だって騙して！　いつからそんな不良になったんだ！」

「おいおい、泣くなよ親父！　って、じゃあ、キスもそいつとしたのかよ？　流兄とはしてないって言い張ったのは、そういうことかよ？」

「なっ!?　陸人やめて！　ちが……」

上坂くんうんぬんよりも、ここで流瑠の名前を出されたことで動揺が走る。

「えぇぇぇぇぇ！　その子とキスしちゃったの、桜ちゃん？　まずい、まずいわ、それは……怖いどうしよう、怖くて私、弟の顔を見る勇気がない」

藍ちゃんがソファの肘掛けに突っ伏した。

泣き崩れていたお父さんが顔を上げる。

「今朝、〝キスの次〟がどうこうって……まさか、桜、その男と……」

お父さんのさらなる暴走発言に固まった私は、言葉を失っていた。

みんなは視線を私に向けたままフリーズしている。

沈黙の時間が流れて数秒後……。

「さ、さぁ！　お好み焼き焼こう！　焼こう！　食べるぞ！　飲むぞ！」

「そ、そうね。藍、もういい歳なんだから手伝いなさい。お嫁に行けないわよ！」

「はははは！　じょ、冗談は言わないでよぉ」

「よ、よし！　食うぞ！　飲むぞぉ……」

「あははは……ははは……」

みんなが何事もなかったかのように振る舞い始めた。

どうしよう……今日のことが流瑠にバレてしまったし、上坂くんとそういう関係だと勘違いされたかな？

だったら否定したい。思いっきり否定したい。でも、ムキになって否定したりして、私の気持ちがバレたら？

混乱している私は、一度頭を冷やしたくてリビングに背を向けた。

「家に戻って、着替えてくる……」

そう言って、流瑠の横を通りすぎようとしたその時……。

「桜」

その声とともに流瑠に腕を掴まれた。

再び、みんながフリーズするのを感じる。

「え?」

表情のない目で私を見下ろす流瑠。

「ちょっと来い」

「ちょ、え!?」

そう言って流瑠は私の腕を掴んで引っ張ったまま、二階に上がっていく。

有無も言わせないその行動。流瑠が私の腕を掴んだまま自分の部屋の中に入っていき、部屋のドアを閉める。

流瑠は背中を向けた状態で、私の腕を掴んだまま立ち止まった。

息苦しい沈黙。

怒ってる? ……あ、そっか、立ち聞きしたこと、ちゃんと謝ってなかったから?

そう思って謝ろうとした時、流瑠が私のほうに体を向けた。

――ドクン!

心臓が跳ね上がったのは、表情のない冷たい目がジッと私をとらえていたから。

文化祭の日、上坂くんと話していた時に見たあの目と一緒。

流瑠が何を考えているのかが、まったく読み取れない。

そして、またあの時みたいに私のことも見ず、通りすぎていってしまうんじゃないかという、さびしさすら感じる。

「……ごめんなさい」

気がつけば謝っていた。

そんな私を見ている流瑠の眉間に、力が込められる。

「桜はいったい何を謝ってるの？　なんで謝ってんの？　俺、最近、桜の考えてることがさっぱりわかんねぇや」

「流瑠」

「思ってることの半分も口に出してないよな？　どうして言葉をのみ込むんだよ！　なんで目を逸らすんだよ！」

「それは!!　……っ……」

流瑠の言葉に胸が締めつけられて、思わず口にしそうになる。

〝流瑠のことを意識しちゃうからだよ！〟

そんなこと、言えるわけがないのに……。

「ほら、そうやってまたのみ込む。目を逸らす！」

「……」

「俺はお前のことになると、余裕がなくなるんだよ……冷静に見られなくなるんだ。だから最近、桜がなに考えてんだかまったくわからない」

流瑠が苦しそうに話し出す。

「全部桜の言葉で聞かせてくれる？　噂でもなく、俺の思い込みでもなく、全部、桜の本当の言葉が聞きたい。桜が何を考えているのかが知りたい」

流瑠が、私の顔を見つめる。

それは無理だよ。私の本当の気持ちなんて知ったら、流瑠は困ってしまうでしょ。ギクシャクするのなんてイヤだもん。流瑠が傷ついて私から離れていくなんてイヤだもん。

付き合いたいなんてそんなことはもう望まない。でも、この距離までなくすのは絶対にイヤ。だから、言えないよ。

「今日、教室で上坂に抱きしめられてたって本当？」

――ドクン！

流瑠のその言葉に心臓が跳ね上がる。

体がビクッと反応した。

「……な、な……なんで？」

弁解するよりも先に、うろたえた言葉が口から漏れ出た。

「本当だったんだな……」

表情がないと感じた目から、私の心なんて簡単に見透かしてしまいそうな、鋭い目つきに変わる。

その目に射抜かれて、言葉が出ないどころか、目線すらも逸らせない。

「それは上坂が勝手にしたこと？　それとも桜も望んでのこと？　どっちなの？」

私が望んでそんなことするわけないじゃない。だって、私は流瑠のことが好きなんだよ？

そんなこと言えないくせに、言わないって決めたのに、そのくせ流瑠が私の気持ちに全然気づいていないことが、私を悲しくさせた。

「そんなの、どっちでもいいじゃない！　流瑠には関係ないことでしょ？」

そう、好きな人のいる流瑠には関係ないこと。

気がつけば思いっきり不機嫌にそう答えていた。

でも、流瑠は何も言い返してこない。

「何？　何が言いたいの？　お父さんみたいなことは言わないでよね！」

「キスもしたのかよ？」

好きな子がいるくせに。その子のことがすごく大切なくせに、どうしてそんなこと聞くの？

「俺は、お前を誰にもさわらせたくないんだよ！」

流瑠は苦しそうにそう言った。

どうしてそんなこと言うの？　どうしてそんな顔するの？

まるで、大切にされているみたいじゃない？

誰よりも、大切にしてもらっているみたいじゃない？

だから、そういうの、勘違いしちゃうんだって！

「私が誰に抱きしめられようと、キスされようと、何されようと、どうだっていいでしょ、放っておいてよ」

私、もうめちゃくちゃだ。流瑠のことは幼なじみ以上には思っていない、そんな自分を演じているつもりだったのに。

いつの間にか、流瑠にヤキモチを焼かせたくてこんなことを言っているような気がする。

そんなバカみたいな自分が空しくて唇を噛んだ。

その私の唇に、流瑠がそっと触れる。

触れられた瞬間、わかりやすくビクッと体が反応し、噛んでいた唇を離した。

見つめ合って、胸が締めつけられる。

流瑠が唇から指を離して言った。

「キスされようと、何されようとって、意味の半分もわかってないんじゃねぇの？」

何もかもお見通しと言わんばかりのその言葉に、頭にカッと血が上った。

「流瑠はいつもそうやって私のことを子ども扱いするけど、私は女だって言ってるでしょ。上坂くんは、私を女として見てくれた。だから私を抱きしめたんだよ」

私が流瑠を抱きしめた、あの〝充電〟。でも、流瑠が抱きしめ返してくれることはなかった。

あれが、すべてを物語っていたんだ。

鼻の奥がツンと痛くなって、流瑠から目を逸らすと、不意打ちで、私の体がふわりと抱き上げられた。

「キャッ！　えっ……流瑠っ！」

気がつけば私は流瑠に抱き上げられていて。

〝お姫様抱っこ〟をされている自分に気づいて、カァーッと顔から火が出そうなほどに熱くなる。

「やだっ！　流瑠！　下ろしてっ！」

流瑠は私の言葉に耳も貸さない。

恥ずかしさのあまり足をジタバタさせていると、体がふわっと下降して、思わず目をつぶった。

「ひゃっ！」

背中に感じたのは柔らかな感触。

私が下ろされたのはベッドの上だった。

私の顔の両脇に置かれた流瑠の手。

真上からジッと見下ろしてくるその目。

体が金縛りにあったみたいに動けない。でも、心臓だけが壊れそうなくらい激しく動いている。

「こうすることで桜がわかってくれるなら、俺がキスも、何もかも……」

流瑠の真剣な目から目を逸らせられない。

「……な、流瑠？」

私の口から漏れたのは、消え入りそうなその言葉だけ。

私の目を見つめていた流瑠の視線がゆっくりと移動して、私の唇を捉えた。

ゆっくりと、ゆっくりと流瑠の唇が、私の唇に近づいてくる。

ピクリとも動けない。

頭の中はまっ白になっていて、でも。

『好きな子がいる』

『桜はただの幼なじみだよ』

唇と唇が重なり合おうとする寸前に思い出すその言葉。

胸がどうしようもなく痛くなった。

流瑠の動きが止まる。

ミリ単位まで近づいた流瑠と私の距離。

その距離がまた開いていく。

「……桜、震えてる」

流瑠のひと言で気づかされる。

手が、唇が、小刻みに震えている自分自身に……。

それに気づいた時、目尻からひと粒の涙がこぼれ落ち、こめかみへと伝っていった。

「……もう二度と傷つけないって、泣かさないって、あの時、誓ったのにな」

流瑠が私を見つめながらそう呟いた。

「……最低だな、俺。頭ではわかってるのに、桜からあんな言葉を聞いたら、苦しくて、どんな卑怯な手を使ってでもつなぎ止めたいって思ってしまう」

辛そうに眉を寄せる。

「こんなことしても、どうにもならないってのはわかるのに、桜のこととなると、俺もうめちゃくちゃ……カッコ悪い」

私から目を逸らし、流瑠は自分の頭をくしゃくしゃっとした。

「桜は俺にとって妹なんかじゃねぇよ。子ども扱いなんてしてない。それをキスしてわからせたかった」

流瑠のその言葉を聞いて、やっと私の口が動いた。

「流瑠、キスは好きな人にするものでしょ？　幼なじみの私にするものじゃないよ」

それを聞いた流瑠がさびしそうな顔をしたように見えた。

「『好きな人に』か……」

「……うん」

少しの時間、流瑠と私の間に沈黙が流れる。

「なぁ桜、俺の好きな人はさ」

「やだ！　聞きたくない！　流瑠の口からはもう何も聞きたくない！」

流瑠の言葉に被せるように、そう言っていた。

大きな声を出した私を、流瑠がびっくりしたような目で見つめている。

「流瑠の言いたいことはわかってるから」

流瑠から目を逸らした。

「わかってないだろ？」

目を逸らしても、痛いくらいに視線を感じる。

「聞いちゃったから、今日」

「え？」

「流瑠が雪見さんと話してるのを、偶然聞いちゃったんだよ」

「あれ、聞いてたのか？」

びっくりしたような声を出して、流瑠の顔が少し赤くなる。

「うん、全部聞いたの流瑠の気持ち。だから言わないで、聞きたくないの」

「『全部』って最後まで聞いてたってことだよな？　じゃあ、俺の桜に対する気持ちを知ってて、『聞きたくない』って言ってるの？」

「……うん」

聞きたくない。

『俺には好きな子がいる……本当に大切な子だから』

『桜は、ただの幼なじみだよ』

目の前でふられるのはきつい。

「俺はきちんと言いたい。桜がどんな答えを出しても俺は受け入れるから、勝手だけど、桜に聞いてもらいたい」

「だって私、流瑠に面と向かってそんなこと言われちゃったら辛いよ。なんて言っていいかわかんないし……ごめんね。聞く勇気がなくて」

「……桜」

流瑠は好きな子ができたことを報告したいんだろうな。

私だって、もし逆の立場なら、流瑠以外の人を好きになっていたら、きっと一番に流瑠に聞いてほしいって思ったと思う。

でも、ごめんね。

〝よかったね〟も〝応援してるね〟も、ウソでも言えない気がするから。

「ごめんなさい、流瑠」

流瑠の目を見つめながら言ったそのひと言。

それを聞いた流瑠が眉を寄せた。

「それが桜の答えなの？」

「流瑠は私にとって、これまでもこれからも、大切な大切な幼なじみ。……それでいいの」

私の願いは叶《かな》わなくても、それだけでじゅうぶんだから。

第四章 重ね合う想い

好き……大好き！

眩しく光るグラウンド。

まっ青の空にはまっ白な入道雲が浮き上がっていて、窓の外は八月のうだるような暑さを物語っていた。

黒板に書かれた公式の数々をノートに写しながら、私は教室のいつもの席に座っている。

私のまうしろの席は空席で、さびしいような。ホッとしているような、そんな複雑な気持ちを抱えていた。

「桜、写し終わった？」

「ううん、まだ。早苗はもう写したの？」

早苗が私の机の前に立つ。

「とっくに。早く帰ろうよ。おなか空いちゃった」

「ごめんごめん。あと少し……」

今日は一週間続いた全員参加補習の最終日。

「それにしても、ずるいよねぇ。なんでサッカー部だけ補習免除？　合宿中だから仕方ないけど、なんか納得いかないわー」

早苗が不服そうにそう呟く。

「でも、その代わりに、宿題をいっぱい追加されるんでしょ？　それもかなりイヤだよ。っていうか、早苗はマサくんに会えないのが、納得いかないんじゃないの？」

私の言葉に、ふふふ……と含み笑いをする早苗。

「まぁね。付き合い始めたばっかりなのに二週間も会えなくなるっていうのは、辛かったわ」

期末試験のあと、早苗はマサくんに告白されて、ふたりは今や恋人同士。

「『辛かった』なーんて、かわいい」

努力が実を結んだ早苗の笑顔は、キラキラ輝いて見えた。

「本当に辛かったもん。夜に電話かメールのやり取りだけだもんね。せっかくの夏休みなのに、こんなことなら、合宿終わってから告白してくれたらよかったのにな」

「このっぜいたく者っ！　幸せ者っ！　のろけちゃって……なぁ」

早苗に聞こえないように小さく小さく呟いた『いいなぁ』は、自分の心をチクリと刺した。

「でも、今日でこの補習も終わり！　サッカー部の合宿も終わり！　明日から本当の夏休み!!」

　早苗が目を輝かせている。

「そうだね」

「今日、昼すぎには学校に帰ってくるって言ってたけど何時ごろになるのかなぁ？　桜、詳しい時間聞いてる？」

「……ううん、何も」

「大石から聞いてないの？　珍しい。でも、大石のことだからメールとか電話とかマメにあったんでしょ？」

　からかうように早苗が笑う。

「ううん、ないよ」

「え？　ないって？」

「メールも電話も一度もないよ」

　キスをされそうになったあの日から、一ヶ月近くの時間が流れていた。

　あれから、流瑠は普通に接しようとしてくれた。

　でも、私は知らず知らずのうちに流瑠を避けてしまっていた。

　あのあとすぐに期末試験があって、そのあと流瑠のサッカー部は忙しくなり、ものの見事に顔を合わせる時間が減った。

そして、終業式が終わったその足で流瑠は二週間の合宿に行ってしまった。

流瑠が合宿に行ってしまってから今日で二週間。

顔を見なくなっただけじゃない。声も二週間聞いていない。

私はこの一ヶ月、あの日のことをずっと思い返していた。

『桜には聞いてもらいたい』

流瑠の言葉が、何度も何度も頭を巡る。

私は、上坂くんに『流瑠のことは絶対に傷つけない』なんて偉そうなこと言ったのに、結局、自分だけ傷つくことから逃げたんだ。

あの時は、流瑠がどう思っているか、どう感じているかなんて考える余裕もなかったけれど、流瑠はなんであんな辛そうな顔をしていたんだろう。

流瑠が合宿に行ってしまうまでに、聞こうと思えば聞けたのに、私は結局、聞く勇気を持てないままだった。

「ねぇ、大石とケンカしたの？」

早苗が心配そうに私の顔を覗く。

流瑠への想いを本人に打ち明けないと決心した私は、この想いは誰にも話さないと決めていた。

でも、いつも私のことを心配してくれる早苗に隠すというのは、正直辛い。

「うん、まぁね。ごめんね心配かけて」

「じゃあ、今日帰ってきたら仲直りしなよ。なんか最近変だもん。あんたたち」

気づいてくれていたんだね。ありがとう。なのに、何も言えなくてごめんね。

「うん、そうする。それより早苗はマサくんと夏休みどこか行くの？」

「マサが海に行こうって」

「マサくんってば、早苗の水着姿が目当てだね」

「うーん。やっぱそう思う？」

「思う。思う」

早苗と顔を突き合わせて笑い合う。

早苗の幸せそうな笑顔がかわいい。

「桜は？　大石と水族館に行くんだよね」

「え？　……う、うん……たぶん」

流瑠は覚えているかな？

デートの日にちを、ふたりで決めた日のことを思い出すと胸がギュッと痛んだ。

ふと、私の隣に人の気配を感じて見上げると、そこには思いもよらない人が立っていた。

「相澤さん、ちょっと話があるんだけど、いいかな？」

サッカー部の合宿に行っているはずの雪見さんだった。

「あれ、雪見さん」

サッカー部がもう帰ってきているのかと思い、キョロキョロとあたりを見回してしまった。

「誰、探してるの？　話があるって言ってるんだけど？」

冷たい声で淡々と話す雪見さん。

その顔にいつものかわいい笑顔はなくて、無表情なのが怖い。

「屋上で話したいんだけど」

「……うん、わかった。早苗、そういうわけだから先に帰ってて」

雪見さんから話があるなんて何を言われるのか怖いけれど、きっと、流瑠のことだと思うから。

私が席を立つと、早苗は焦ったように声を上げた。

「わたしも行く！」

早苗はただならぬ空気を察して私のことを心配してくれているのか、私の腕を掴み、雪見さんをキッとニランでいた。

「北条さん。仲谷くんが探してたわ」

「え？　マサが？」

やっぱり、サッカー部はもう帰ってきているんだ。

「早苗、私のことはいいからマサくんのところへ行って」

ソワソワし始めた早苗の腕をポンポンと叩いてそう促した。

最後まで心配そうな顔をしていた早苗にバイバイをし、私は雪見さんのあとについていく。


連れてこられたのは、屋上。さすがに真夏の屋上は眩しくて暑い。

緊張も手伝って、汗がにじんでくる。何を言われるんだろうってドキドキしていた。

流瑠もう、帰ってきているんだよね。

その事実も余計に私を落ちつかなくさせていた。

雪見さんが振り返って私を見据えた。

「ここなら、大石くんに見つからないでしょ。見つかると面倒だからね」

「それは、また……なんで?」

どうして流瑠に見つかっちゃダメなの？　私、今から何をされるの？

不安で心臓がバクバク暴れ始めた。

「大石くんは、わたしがまた相澤さんに何かするんじゃないかって警戒してるから、一緒にいるところなんて見られたら、有無を言わさず相澤さんを連れていってしまうでしょ」

「……え」

「わたし、相澤さんに言いたいことがあるの。今日はきっちり聞いてもらうわよ！」

「は、はいっ！」

こ、怖いっ！

不安な気持ちと恐怖で、心臓のバクバクが大きくなっていく。

ありったけの文句を言われる予感しかしない。

「えっと、あれよ……あの……ごめんなさい」

「えっ⁉」

その声はびっくりするくらい小さかったけれど、雪見さんは今、たしかに『ごめんなさい』って言った。

文句の一つでも言われるんだと思っていたのに、予想外すぎて固まってしまう。

雪見さんは、相当緊張しているのか、恥ずかしいのか、まっ赤になっていた。

「文化祭の時、相澤さんに絡んできた子たちを、そうするように仕向けたのはわたしなの」

立ち聞きした時に聞いていたから知っていたけれど、まさかそのことを雪見さんが謝ってくるとは思わなかった。

「それから……わたしが大石くんのファンにイジメられてるって言ったのも、全部ウソなの」

「……うん」

「相澤さんに嫉妬して、気づいたら後先考えずあんなこと言ってた。あそこで大石くんが来たのは予想外だったけど、『ただの幼なじみ』って言葉は聞こえていたみたいだし、その上あなたは『そばにいてあげて』って言ってくれるし、いっそのこと、これをチャンスにして近づけるかもって思ったわ」

「うん……」

「……まぁ、あなたは騙せても、頭のいい大石くんは騙せなかったけどね。すぐに調べ上げて、次の日にはわたしのウソに気づいたみたい」

マサくんに送ってもらったあの日の〝ヤボ用〟はこれだったんだ。

雪見さんが大きく深呼吸してから口を開く。

「わたしの嫉妬に巻き込んで、ごめんなさい」

そっか、全部嫉妬がさせたものだったんだ。私が雪見さんにモヤモヤしたのと同じように。

「もういいよ。それより、雪見さん顔がまっ赤だよ。謝るのが恥ずかしかったの？　緊張したの？」

イジワルじゃないけれど、なんだかその様子がかわいくてつい言ってしまった。

「う、うるさいわね！　暑いせいよ！」

ものすごく慌てた様子の雪見さんもやっぱりかわいい。

「でも、なんかびっくりした。雪見さんっていつもニコニコしてお姫さまみたいで、大人しい人だと思ってたのに、私の思い違いだったんだね？　あ、褒めてるんだよ？　今の雪見さんのほうが話しやすいから」

笑顔で雪見さんにそう言うと、呆れたようなため息が聞こえた。

「なに言ってるの？　〝いつもニコニコお姫さま〟は大石くんを落とすために演じてたからに決まってるじゃない！」

驚きのあまりに声が出ない。

「ホント、相澤さんってお人好《ひとよ》しなの？　バカなの？　どっちなの？」

「バカなのよ！」

答えたのは私じゃない。

うしろから聞こえてきた失礼な声に振り返る。

そこには腰に両手を当てて、仁王立ちの早苗が立っていた。

「桜のバーカ！」

私に近づきながら早苗が二回目の『バカ』を口にする。

「あれ、早苗、マサくんは？」

「そんなもんより今はあんたのことのほうが大事でしょ！　このバカ‼」

早苗は自分の彼氏のことを『そんなもん』呼ばわりし、私には三回目の『バカ』を言った。かなり、怒ってる？

「ちょっと雪見さん、ウソついたでしょ！　マサも大石もまだ帰ってきてないじゃん！　一年生の部員のバスは一時間も出発が遅れたらしいじゃない！」

早苗はマサくんに【今は会いに行けない】とのメールを送ったら、マサくんからの返信でその事実が判明したらしい。

「そうだっけ？」

とぼける雪見さんを見た早苗は、威嚇するように雪見さんをニランだ。

そして、じゅうぶんに牽制《けんせい》したあと、私を振り返る。

「ふたりの会話、聞かせてもらったわよ！　桜の大バカ！　自分を何度もおとしいれようとした相手をそう簡単に許してるんじゃないわよ！」

私は『大バカ』に進化した。でも、それに関して文句言うなんて怖くてできない。

早苗が怒ったら恐ろしいことは、私が一番よく知っている。

「いや……でも、雪見さん謝ってるよ？」

おそるおそる意見してみたけど、案の定キレてしまった。

「仮にも相手は桜のライバルでしょ？　やり方はどうあれ、雪見さんは本気で大石を落とそうとしてきてんのよ！　あんたも本気で頑張んなさいよ！」

ライバルって、頑張れって……。

「早苗……私の気持ち知ってたの？」

「当たり前でしょ！　何年親友やってると思ってんのよ。あんたが好きな相手に、わたしが気づかないわけないでしょ！　桜が自分の気持ちに気づくよりも先に、わたしは気づいてたっつーのよ」

早苗はハンッと鼻で笑った。

「ごめんね……言えなくて、ごめんね」

いつも、心配してくれるのに。私が流瑠への想いに気づいていない時も、相談にのってくれていたのに。

そう思いながら早苗に抱きつく。

早苗がよしよしと頭をなでてくれた。

早苗が知ってくれていたと思うと心の中がまた軽くなる。

「……ねぇ？　わたしもうちゃんと謝ったし帰っていいかな？　美しき友情に付き合ってる暇もないし。一年生部員のバスもそろそろつくし」

雪見さんが、抱き合っている私たちを見て、呆れたようにそう言った。

「うん」と言おうとした私よりも先に口を開いたのは早苗。

「ちょっと待ちなさいよ！」

「何？」

雪見さんが面倒くさそうに返事する。

「なんで急に桜に謝ろうと思ったの？　合宿の二週間の間にいったいどんな心境の変化があったのよ！　なんか怪しい！　また何かたくらんでるでしょ!!」

早苗は完全に疑ってかかっている。

「でもね、早苗。さっきの謝り方は本心からって感じだったよ。だから怪しいとか、失礼だよ」

さっきのまっ赤になって謝る雪見さんに、たくらみがあったとは思えない。

「だから桜はバカなのよ！　ライバルにもうおとしいれられないように、動向はしっかりチェックしなきゃ！」

早苗が私を怒鳴り散らしている様子を見て、雪見さんがため息をひとつついてから、話し出した。

「だから来てほしくなかったのよ。北条さん疑り深そうだから……」

「なんですって!?」

「まぁまぁ、早苗」

「もう、わたしはライバルなんかじゃないわよ。完全にふられてるしね。あそこまで好きな子に一筋宣言されると、もうどうすることもできないもん」

そう静かに淡々と話す雪見さんの言葉は、早苗をも無言にさせ、私の心を突き刺した。そして、流瑠のそんな気持ちを流瑠本人から直に聞き、感じ取った雪見さんは、私なんかより、もっともっと辛かったはず。

……あの日、流瑠から好きな人が誰なのか聞く勇気を持てなかった、私なんかよりもずっと。

私が逃げたことを、雪見さんはきちんとやったんだ。

「頑張ったよ。ホントに頑張ったけど、大石くんの心はピクリとも動かなかった」

「……」

「最初から好きな子がいるのには気づいてたけど、勝てるって思ったのよ！　だって、ルックスだってスタイルだって、女らしさだってわたしのほうが断然上だもん！」

私を見つめてそう言った雪見さん。

「はは……」

なぜか早苗が同情するような目で私を見ている。

「わたしのアプローチをあんな見事にかわしていった男は初めてだったわよ！　今まで落とせなかった男なんていなかったのに。あんな強情な頑固者だとは思ってもみなかった」

「うん」

流瑠は頑固なところがある。これと決めたら揺るがない。

雪見さんが大きく息をついてからまた話し出した。

「ふられた時に、大石くんに言われたの。『どんな手を使っても、振り向かせたい気持ちはよくわかる。でも誰かをおとしいれて、相手の気持ちを掴み取ったってそれは本物じゃないだろ？　そんな偽物は、あっという間に壊れてなくなる』って」

強情で頑固で負けず嫌いだけど、優しくてまっすぐな、流瑠らしい言葉だなって思って、胸がギュッとなった。

「ふられてから、大石くんの言ったことをいっぱい考えてた」

雪見さんが少し涙目に見える。

「そんなふうに落ち込んでる時に、ある人が話をいっぱい聞いてくれたの。だから、相澤さんにひどいことしたなって気づけた。わたしの話を聞いてくれたその人が、『きちんと謝れたら、大石への気持ちの整理もつく。だから、大石が帰ってくる前にその子に謝ってこい』って背中を押してくれたから」

こんな雪見さんの柔らかい笑顔を見るのは初めてだった。

「その、話を聞いてくれた人って杉山《すぎやま》先輩って人？」

「……なっ⁉」

早苗の言葉を聞いて、雪見さんがまっ赤になった。

「杉山先輩って？　誰？」

「マサから聞いてたの。サッカー部の二年生の杉山先輩って人が、前から雪見さんのことをかわいがってて、この合宿中とにかく雪見さんにひっついてたらしいのよ」

「ち、違うのよ！　杉山先輩は……」

「失恋の傷を癒してもらっているうちに恋に落ちたってやつじゃないの？」

イジワルに笑う早苗に、雪見さんはムキになっていく。

「ち、ち、違うわよ！　たぶん、わたしは今でもまだ大石くんが好きだと思う。でも、杉山先輩は泣いた時もずっとそばにいてくれて、話を聞いてくれて、わたしが相澤さんにしたことに説教までして。彼に気持ち全部吐き出したら、スッキリしたの。前へ進めるかもって。少しずつそう思えるようになってきたの」

そう話してくれた雪見さんの瞳はちゃんと未来を見ていた。

心の傷は痛かったよね。でも、それに背を向けず頑張った雪見さんをすごいなと思った。

「……ちょっと、相澤さん。なんであなたが泣いてるのよ」

「だ、だって！　……私も雪見さんのように失恋にも負けない強さが欲しいなって思って……」

泣きながらそう言う私に、雪見さんと早苗がなぜか呆れ顔。

「失恋と関係のない相澤さんがそういうこと言わないでほしいんだけど。わたしにケンカ売ってんの？」

「……桜、空気読もうよ。今のは失言だわ。雪見さんに謝って」

呆れ返ったようにそう言うふたりに、私は目を見開いた。

「な、なんでよ！　私だって失恋したんだから！　雪見さんは知ってるでしょ？」

ふたりは揃って、目を大きくした。

「し、失恋したって⁉　どういうこと？」

数秒後、勢いよく詰め寄ってきた早苗に、たじろいでしまう。

「う、うん。失恋した。雪見さんは知ってる……」

「は？　わたしが知ってるって？　何を？」

雪見さんが不思議そうな顔をする。どうして、知らないはずがないのに。

「私、南高校との練習試合の日、流瑠と雪見さんが話しているのを偶然聞いちゃったんだ。流瑠、好きな子いるって、私のことはただの幼なじみだって言ってた」

早苗はびっくりしすぎたのか、目を見開いたまま停止している。

反対に雪見さんは納得したような顔をした。

「あぁ、あれ聞いてたの？　相澤さんやっぱりバカ！」

「盗み聞きする度胸があるならね、途中で逃げないで、最後まできちんと聞きなさいよ！　バーカ」

「『バカ』⁉」

「最後まで？　えっと……続きって、そのあと流瑠は何か言ってたの？」

あれに続きがあったの？　たしかにあの日、私は、流瑠の言葉にショックを受けて、途中で逃げたけれども。

「イヤよ。教えるわけないじゃない。ふられた時のこと思い出すでしょ。くやしいから言わない」

「ご、ごめんなさい……」

微妙な空気の私と雪見さんを見ながら、早苗が口を開く。

「そうだね。雪見さんに言わせるのは間違ってるね。桜が自分で大石に聞けばいいんじゃない？　そろそろ桜も本気出して頑張ってみたら？」

早苗がニッと笑ってそう言った。

「え⁉　頑張るって？」

早苗のとんでもない発言に声がひっくり返る。

「大石に告白すればいいじゃん。ね！　雪見さん」

「えぇっ！　告白⁉」

「はぁ？　わたしに振らないでよ！　まだ、大石くんのことが好きだって言ってるじゃん！」

顔面蒼白の私を見ながら、雪見さんはフン！と鼻を鳴らした。

「えーよく言うよ！　だいぶん杉山先輩に傾いてると見たけど？　わたしの目を侮らないでよね」

「う、うるさいわね！」

「告白なんて……無理っ！」

私の頭の中は『告白』という衝撃的なワードでギュウギュウ詰めになっていた。

「桜！　しっかりしなさいよ！　大石のことを好きな女子はごまんといるのよ！　桜はそのごまんが羨む、幼なじみというポジションをゲットしてるんだから！」

目をキラキラさせた早苗は、なぜか自信満々で、私の代わりに告白しそうなほど張り切っていた。

でも、私にはそんな自信はこれっぽちもなくて。

「で、でも好きな子いるって言ってたもん」

「桜かもしれないじゃん！」

なんてポジティブなの⁉

「いやいやっ！　『桜はただの幼なじみ』って言ってたってば！」

「『ただの幼なじみ』じゃなくなればいいじゃん」

「そっか、なるほどって、違う！」

「何が違うのよ」

「だって、告白なんてして、ダメだったらお互い気まずくなる。そうなったら流瑠は優しいから私を傷つけたと思って、自分が傷つくもん。そんなの、イヤだから」

そうだよ、私は絶対に流瑠を傷つけないって決めたんだから！

「まぁ、そうね……大石はそういうやつかもしれないね。でも、桜が大石のこと好きって気持ちを隠し通すために、苦しんだり、ウソついたり、大石を避けたり。そういう桜を見るほうが、大石は辛いんじゃないの？」

「え……」

早苗の言葉を聞いて、流瑠が私に言った言葉を思い出す。

『ウソつきはお互いさまだろ』

『最近、桜の考えてることがさっぱりわかんねぇや』

『どうして言葉をのみ込むんだよ！　なんで目を逸らすんだよ！』

『桜の本当の言葉が聞きたい。桜が何を考えているのかが知りたい』

眉間にグッと力を込めた、悲しい顔の流瑠が浮かぶ。

『やっと笑った』

そう言って笑った流瑠の笑顔を思い出し、早苗の言葉が私の胸を締めつける。

「ね、そう思わない？」

「そうかもしれない……」

「だから、もう無理して気持ちを隠したりしちゃダメだよ」

「うん……」

今まで気づけなかったけれど、流瑠を意識し始めてからの私の態度や行動は、流瑠を傷つけていたのかもしれない。そう思った。

「そういえば大石くん、合宿中ちょっと元気なかったわよ」

「やっぱり？　大石と桜、ここ一ヶ月ほどおかしかったわよね？　何があったの？」

早苗が聞いてくる。

「あ、うん。ケンカというか、上坂くんとのことから始まって言い合いした」

「上坂？」

早苗が首をかしげる。

そのあと、雪見さんが「あ！」って声を上げた。

「それって！　南校との練習試合の日で、相澤さんが、わたしと大石くんの会話を盗み聞きした日のこと？」

「うん、そう」

「何？　雪見さんなんか知ってんの？」

早苗が、雪見さんを怪訝な顔で見る。

「その日、相澤さんってば上坂くんと抱き合ってたのよ」

「ウソっ⁉　桜！　本当なの？」

「違う！　抱きしめられたけど、抱き合ってはいないよ」

「何されてんのよ、桜！　まさか、正直にそれを大石に報告したわけじゃないでしょうね！」

早苗が珍しくパニックになっていて「ウソも方便なのよ！」と怒り始める。

そういえば、流瑠はなんで知っていたんだっけ？　私からは言っていないけどな？

そんな疑問を抱いた時、雪見さんが口を開いた。

「あ、それわたし。大石くんに電話で報告しておいた。あの時はまだ邪魔する気満々だったし」

そっぽ向いてボソッと呟く雪見さんに、早苗が口元をピクつかせる。

「なんてことしてくれたのよ！　この件についてはまだ謝ってないわよね？」

「だって、これは事実を見たまま伝えただけだもん。ウソはついてないし、わたしは悪くない」

「いい性格してるわね」

「どうも……」

ふたりは火花を散らしているけれど、今、私が一番気になるのは他のこと。

「流瑠が合宿中、元気なかったのって……」

私のせいなのかな？　そう思うのはうぬぼれ？

そんな気持ちが心を揺らすけれど、でも今は思う。

うぬぼれでも、うぬぼれじゃなくても、そんなのどっちでもいいって。

それよりも。早く流瑠に会いたいよ。

とにかく顔を見て、話したい。いっぱい、いっぱい話したい。

素直にそう思えた時、校門のほうから、バスを誘導する笛の音が響いてきた。

「帰ってきた！」

流瑠とマサくんを乗せたバスが帰ってきた。

「わたし手伝わなきゃ。じゃあ行くね！」

雪見さんが、急いで屋上をあとにする。

「わたしたちも行こう」

そのあとに続くように、早苗が私の手を取る。

もうすぐ流瑠に会える！　そう思ったら心臓が激しく動き始めて、頬も熱くなっていく。

「さ、早苗。私トイレに行ってから行く。すぐ行くから先にマサくんのところに行ってきて」

べつにそんなにトイレに行きたいわけじゃない。

ただ、気持ちを少し落ちつかせてから流瑠に会いたかった。

本当の笑顔で「おかえり」が言いたかったから。

「逃げない？」

「に、逃げないって、もう大丈夫。ありがとう」

早苗のポジティブな励ましのおかげで私の心はずいぶん軽くなっていた。

「じゃあ、その証拠見せてよ。言ってごらん、大石のことが好きって」

「えぇっ!?　今、ここで？」

「だってまだ一回も桜の口から聞いてないよ。桜がちゃんと言えたら、安心して先に行ける」

「え、えぇっと……」

頬が限界まで熱くなるから、そんな私を見て、早苗が笑う。

「言えないの!?　なんだ、たいして好きじゃないんだね」

「そんなことないし！」

「じゃあ、どうぞ」

完全に早苗に引っかけられた！　そう思ったけれど、不思議と言いたい気持ちが込み上げてくる。

「流瑠のことが大好き！」

目をギュッとつぶって空に向かってそう叫んだ。

自分の想いに気づいてから、初めて口にしたひと言。

たったそのひと言が、私の心のモヤモヤを一気に吹き飛ばした。

叶えるための勇気

トイレから出たあと、廊下で深呼吸をする。

「よ、よし！　い、行くぞぉっ！」

会いたい気持ちは高ぶるけれど、うまく話をする自信がゼロに近い。

でも、流瑠とギクシャクするこんな状態はもうイヤだから。

それに、それに、明日は……。

強くならなきゃ！　早苗のように。雪見さんのように。

スクールバッグを肩にかけてそのまま階段を下りていく。

ふたりで笑って明日を迎えたい。

頑張れ、私！　手をギュッと握りしめた。

「あれ？　相澤さんまだいたの？」

人気のなくなった階段を下りていた時、背後から聞こえてきた声に振り返る。

「……あ、上坂くん」

「相澤さん今帰り？　どうしたの怖い顔して？」

「うん。眉間のとこ、シワ寄ってる」

「え⁉　怖い顔？」

「本当に⁉」

流瑠と会うことに、気合を入れすぎたせい？

今から会いに行こうとしているのに眉間にシワはマズイ！

そう思って、シワを伸ばすように指でこすってみる。

「ははっ！　変な顔になってるよ。どうしたの？　もしかして、サッカー部が帰ってきたのが原因？」

今日も、上坂くんの勘は冴《さ》えている。

「う、うん。今から流瑠のところに行こうと思って。久しぶりだから緊張してて」

「っていうか、合宿前からふたり、ギクシャクしてなかった？」

上坂くんにバレていたことに動揺が走る。

「そ、そんなことないよ？」

「もしかして、僕が相澤さんのことを抱きしめたせい？」

「上坂くんのせいじゃないよ。私のせい」

たしかに上坂くんとのことがきっかけで始まった言い合いだった。でも、流瑠にウソついたり、ヤキモチ焼かせたくなって、変なことを言ったりしたのは私だから。

「……そっか」

「だから、今から『おかえり』って言って仲直りしてくる。じゃあね！　バイバイ上坂くん！」

そう言って歩を踏み出そうとした私の腕を上坂くんが掴んだ。

「ふたりがギクシャクしているのが、僕のせいだったらスッキリしたのにな」

振り向くと、上坂くんが私の顔を覗き込むようにして言葉を続ける。

「今度は僕のせいでギクシャクしてもらおうか？」

口の端を持ち上げて、からかうように笑っている。

鈍感と言われる私でも、それなりに学習能力はある。

掴まれた腕に、少し近づいた顔。

今回はさすがに危険を感じて、一、二歩あとずさった。

だけど上坂くんはそんな私を見ても、腕を放してくれようとはしない。

「上坂くん、放し……わっ⁉」

このままでは危ない！　そう感じて逃げようとした時、私の両肩がうしろにグイッと引っ張られた。

「桜にさわるなって忠告してあったはずだけど？」

聞こえたその声、私の両肩を掴む大きな手、背中に感じる心地よい体温。

固まったまま振り向くことなんてできなかった。

――ドクン、ドクン、ドクン……。

心臓の動きが早すぎて、めまいすら感じる。

流瑠が……うしろにいる。

「俺が階段を上ってきてるのに、上坂、お前気づいてただろ？　それなのにこんなことするなんて、あの時みたいにまた挑発する気かよ？」

流瑠が上坂くんに言う。

「さぁ？　どう思う？」

フフンと鼻を鳴らして、上坂くんも疑問形で返す。

「今度、桜にさわったら、遠慮なく殴らせてもらうから。そのつもりでいろよ」

「相変わらず、すごい独占欲と血の気の多さ……。大石くんと付き合う女の子は大変だよね？」

「褒め言葉をどうも……」

「いいえどういたしまして。会えなかった二週間が後押しして〝本気モード全開！〟って感じ？」

「そのとおりだよ」

「へぇ、今日は珍しく素直じゃない？」

「もう、お前の煽《あお》りには乗らねぇよ」

「そんなこと言うんだ？　今日もかわいくないね1」

声を荒げるわけでもなく、もちろん笑い合うわけでもなく。

淡々とやり取りされる話についていけない。

この会話の間も、私は流瑠のことを振り向けないままだった。

「桜、帰るぞ！」

少しの沈黙のあと、流瑠がそう言って私の肩から手を下ろした。

ハッと我に帰る。

「う、うん。帰る！　じゃぁね、上坂くん」

置いていかれてはいけないと、先に上坂くんに背を向けた流瑠の横に急いで並ぶ。

そんな私に向かって上坂くんが言った。

「前にも言ったけど、相澤さんに〝彼氏〟ができるまで、僕は諦めないよ」

一ヶ月前のあの日、上坂くんが言った言葉を思い出す。

うつむいて固まっていると、私の右手を流瑠がギュッと握りしめた。

心臓が勢いよく跳ね上がる。

「安心しろよ。今度会う時には、諦めてもらうことになってるから」

流瑠の言葉を聞いた上坂くんが、「そう。楽しみにしてるね」と言って笑う。

それって、どういう意味？　流瑠を見上げたまま固まる私。

私の手を引っ張って流瑠が歩き始めた。

ギュッとつながれたまま、流瑠はこの手を離そうとはしない。

ふたり並んで、階段を下りていく。

人気のなくなった階段に、ふたりの足音だけが響いていた。

チラッと隣にある顔を見上げる。

二週間ぶりに見る流瑠の横顔に、ギュッと胸が締めつけられるのを感じた。

会いたかった、会いたかった、会いたかった。

想いがあふれ出して止まらない。こんなに長い間、流瑠と会えなかったのは、生まれて初めての経験だった。

流瑠は今、何を考えている？　どうして私の手を握るの？

ふたりで手をつないで歩くのは、あの日以来。

雪見さんに嫉妬して思わず流瑠の手を握ったあの日。

今、違和感はない？　好きな子に見られたら困るとか思わない？

私はうれしいよ。ドキドキするよ。離したくないよ。

許されるならずっと……。

でも、彼氏彼女でもない私たち。

誰かに見られたらどうしよう。そんな不安が私を襲う。流瑠に噂が立てば、女の子ひとりの発信源から始まったとしても二乗方式で広がっていくもの。次の日には一年生女子全員のメールに、その情報がストックされることになりかねない。

そんな恐ろしいことを考えていた矢先、少し先にある職員室のドアが開いた。

ハッと顔を上げると、たくさんの一年女子がこっちに向かって歩いてくる。

まずい！　そう思って、さり気なく流瑠の手から手を離そうとしたんだけれど。

「あれ？　んんっ！」

「痛い。桜、何？」

流瑠がムッとした顔をこっちに向ける。

「『何？』じゃない、女子たちがこっちに来るよ、手を離さないと」

引っ張ったけど。流瑠の手を叩いてみたけど。離れない!?

せっかくさりげなく手を離そうとしたのに、流瑠が逆に手をギュッと握りしめたから……私の努力も空《むな》しく彼女たちに見られてしまった。

「離さなくていい」

「へ？」

「堂々とつないでればいい」

「噂になるよ？　すごい勢いで駆け巡るよ。そしたら流瑠は困るでしょ？」

流瑠を見上げて勢いよく言った。

「桜と噂になるんだから、俺が困るわけないだろ？」

「え？」

流瑠は何を言っているの？　流瑠には好きな子がいるんでしょ？　困る理由はあるでしょう？

「なんて顔してんの？　雪見と俺の会話、聞いたんだろ？　桜は言ってたよな、俺の気持ち全部知ってるって」

「う、うん」

「そっか、俺と噂になったら桜が困るのか？」

「えっ⁉……いや、あの……」

しどろもどろする私を、流瑠が見つめてくる。

「なぁ、桜は困るの？　答えてよ」

流瑠はつないだ手を少し引き寄せて、私の顔を覗き込むように近づけた。

至近距離で目と目が合って、また、心臓が騒ぎ出す。

「わ、わ、私は！」

ジッと見つめられる目に動揺を隠せない。

流瑠の目に私の心の中すべてを覗かれそう。

『私は』？」

流瑠は真剣な目で私の答えを待っている。目も逸らさず、私をまっすぐ見つめて。

「え、えっと……こま……」

この目からもう二度と目を逸らしちゃダメだ。

大切だから。大好きだから。

「こ、困りません！　ちっとも！」

思いのほか大きな声が出て、自分の顔がみるみる熱くなっていくのを感じた。

初めてする、小さな小さな好きの意思表示。

こんな言葉じゃ伝わらないって頭の中ではわかっていても、私にとって、これはすごいことだった。

見つめ合ったまま数秒がすぎて、流瑠がフッと息を吐くように笑う。

「『困りません！』って、なんで敬語なんだよ。すっげーまっ赤だし」

流瑠は目に涙を溜めるほど、笑いを押し殺している。

「ちょっと待って。人が決死の覚悟で言ったのに。なんで笑うの」

「わかってる。わかってるから堪《こら》えてるだろ？」

「余計失礼だってば……」

「そう？　それなら」

そう言った途端、流瑠はブハッと噴き出すように笑った。

本当に本当に久しぶりに見る全開の笑顔に、くやしいほど目が奪われる。

あぁ私、流瑠のことがこんなに好きなんだ。

そしていつの間にか、私も声を上げて笑っていた。

ふたりで笑い合う心地いい空気。

気がつくと、思いっきり笑う私を流瑠は見つめていた。

ドキッとするほどの優しい目を私に向けて。

廊下の片隅に立ち止まったまま、握っている手にお互いギュッと力を込めた。

大きくなっている鼓動は、この手からも流瑠に伝わっているかもしれない。

でも今は、そんなことを気にするよりも、流瑠が与えてくれる温かい空気に私はずっと包まれていたかった。

「今は、何があっても絶対手を離してやらない。充電中だから」

「充電？」

「そう。二週間も顔を見られなかったんだから、完全に桜が足りない、電池切れ」

なんて甘いことを言うのだろう。おかげでさっきよりも頬が熱くなる。

会えなかった二週間、さびしかったのは私だけじゃなかったってことだよね。

そう考えるとつい頬が緩んでしまう。

「さっきまで無言だったから、流瑠は怒ってるのかと思ってた」

「そりゃ、怒ってるよ。いろいろとな」

「えぇぇっ!?」

私としては、〝怒ってるわけねーだろ〟的な返しを期待していたのに、予想外の返事に凍りつく。

「最近、いろいろウソつくし。本当のことを知りたくて聞いているのに、ちゃんと答えてくれないどころか、逆ギレするし」

「あ、それは……」

『私が誰に抱きしめられようと、キスされようと、何されようと、どうだっていいでしょ、放っておいてよ』

一ヶ月前、言い放った自分の言葉を思い出す。

「おかげでさ、冷静に桜の言葉を聞くことも、心を見抜くこともできなくなっていたよ。とんでもない〝勘違い〟をしたままだった」

流瑠の言葉の意味が理解できず、キョトンと立ち尽くす。流瑠が指を絡めて手をつなぎ直した。

「でも、やっとわかった。全部、つながった。ごめんな桜、気づいてやれなくて」

久しぶりの〝充電〟の心地よさに、気持ちはふわふわしながらも、流瑠は何に気づいたの？　とドキドキし始める。

もしかして、流瑠は私の気持ちに……？

「俺、もうひとつ怒ってるよ」

「え？　何？」

流瑠が、ため息をひとつ吐いて言った。

「さっき、また上坂に抱きしめられそうになってただろ？　桜はなんでそう隙だらけなんだよ？」

「そ、そんなことないよ。今回はちゃんと逃げようとしたもん。隙なんて一ミリもなかったよ」

「ふーん。それはどうかな？」

流瑠は廊下の隅、人目のつきにくいところに私を引っ張っていく。

ん？　何？　思っていると、流瑠が、いきなり絡めてつないでいる手を自分のほうに引き寄せた。

「わっ！」

バランスを崩して流瑠の胸に倒れ込んだ。

その衝撃でスクールバッグは床に落ちてしまい、一瞬にして流瑠の体温と匂いに包まれる。

「ほーら、隙だらけ」

頭の上から、そんな声が聞こえてくる。

「……流瑠のイジワル」

いつもなら、流瑠のイジワルな声にはいち早く反応して負けじと噛みつくのに、今はここから離れたくなくて、流瑠の胸に倒れ込んだまま動けないでいた。

「あのね、流瑠」

「ん？」

「この間は、誤解させるようなことを言っちゃったけど、上坂くんとは何もないから。告白されたけど、すぐに断ったよ」

「うん」

「えっと……あの日、抱きしめられたっていうのは本当なんだけど、今日はそうならないように頑張ったのも本当だよ」

「……うん」

「あの日から、上坂くんに隙なんて見せないようにしてきたよ……でも、ね」

「でも？」

「流瑠には無理だよ……私は流瑠には隙だらけになっちゃうもん……」

だって、抱きしめられたって私は何も困らないもん。

それどころか、抱きしめてほしいと思っている。

『充電いっぱいにさせて』と抱きついたあの日も、そう思っていたように。

私の顔は今とてつもなく赤いはず。そんな赤い顔を見られないように……というのは口実で、もっと流瑠にくっついていたくて、胸に深く顔を埋めた。

流瑠が絡めていた手をほどくから、くっつきすぎたかなと不安を感じた。

でも、その不安は一瞬で驚きへと変わる。

「桜……」

私の大好きなその声が、私を呼ぶ。

同時に流瑠の手が私の背中に回り、ギュッと抱きしめられた。

流瑠の腕に包み込まれた私の体は一瞬固まって、一気に熱を持つ。

──ドクン、ドクン、ドクン……。

早くなる自分の心音を感じて。

──ドクン、ドクン、ドクン……。

抱きしめられた胸からも感じる、私と同じくらいに速くなる音。

「流瑠……」

なんで、流瑠は私を抱きしめているの？

私が抱きしめてほしいと思ったことが、流瑠に見抜かれてしまったのかな？

そうだよ、昔からそうだった。流瑠は私のことはなんでもお見通しだった。そのキレイな優しい目で、時に射抜くような鋭い目で、私の心の中を覗く。

私が流瑠に隠し事をするなんて、最初から無理だったんだ。

『ごめんな桜、気づいてやれなくて』

流瑠が私の気持ちを知っていてこの言葉を言ってくれたのだとしたら。

たとえ、私の想いに応えられなかったとしても、私の想いは認めてくれているってことだよね。

「急速充電」

流瑠がそう言って、背中に回した手に力を込めた。

そっか、私はいっぱいいっぱいになって、大切なことを忘れていた。

いつも、どんな私でも優しく包み込んでくれる流瑠だから、私は好きになったんだ。

私も流瑠の背中に腕を回す。そして、ギュッと抱きしめた。

伝えたい。今、すごく強く思う。

流瑠、私の想いを受け止めて。

「流瑠、あのね」

「桜、好きだよ」

ずっと君と

頭の中がふわふわしている、まるで夢の中にいるみたいに。

「熱っ！　うわーしまった！　焦げた！」

本当に夢だったらどうしよう。あれが夢だったら、あれが夢だったら、もう一生夢から覚めないでほしい。

お弁当箱にハンバーグを詰める右手に目を止める。

『堂々とつないでればいい』

『桜と噂になるんだから、俺が困るわけないだろ？』

『桜……』

耳に残る優しい声。

体が覚えている抱きしめられた時の感触。

流瑠の温かい胸。早くなる心音。そして、そして……。

――『桜、好きだよ』

もうすぐ七時。

キッチンの中でひとりでお弁当を作っていた私のお箸を動かす手は止まり、頭はふわふわと時間をさかのぼっていた。

昨日から、流瑠が言った〝あの言葉〟を思い出すたび、胸がキュッとなる。でも、ある疑問が、私を簡単に我に返らせるんだけれど。

「……あれって、どういう意味だったのかな？」

ため息交じりのひとり言。結局、最終的にはこんな疑問へと辿りつく。昨日からそれの繰り返し。

「桜、怖いわよ。朝から何ひとりで赤くなったり、青くなったりしてるの？」

そんな言葉がキッチンに聞こえてきてハッと顔を上げる。

カウンターを挟んだ向こう側で、お母さんがニコニコしていた。

「な、なんでもないよ……」

考えていることを見抜かれそうで恥ずかしくなり、急いでお弁当箱におかずを詰めているふりをして下を向く。

「わぁ、おいしそうにできたわね。頑張ったじゃない」

「うん、でも卵焼きこげちゃったし、ハンバーグの大きさがバラバラ」

「ははっ！　本当だね。でも大丈夫よ。完璧なお弁当より桜らしくていいじゃない」

「ひどいなぁ、もう。どうせ不器用ですよ」

無邪気に失礼なことを言うお母さんに、口を尖らせる。

「不器用でもいいじゃない。一生懸命作ったんだから。愛情がすべてをカバーしてくれるわよ」

『愛情』という言葉にわかりやすく動揺してしまった。

私はお母さんと仲がいいから、なんでも話す。

小さいころから好きな人ができたら、お母さんに一番に報告するんだろうなって思っていた。

でも、初めて好きになった人は流瑠で、だから、とても言えなかった。

「それにしても、流瑠くんが好きな物ばかり詰まってるお弁当ね」

お母さんは、うふふ。と、うれしそうに笑いながらお弁当を覗き込んでいる。

「べ、べつに、そういうわけじゃ……」

……何もかも見透かされている？

「もう、付き合ってるとか？」

落とされた爆弾に激しく動揺して、持っていたお箸を落としてしまった。

「ち、違うよ。そんなんじゃない……私は好きだけど、流瑠の気持ちがどうなのかは、まだよくわからないから」

昨日、私は流瑠に告白しようとしていたんだ。

「……流瑠、あのね。えっと……えーっと……」

心臓が大暴れしているけれど、なんとか声に出そうと頑張っていた。

「桜、好きだよ」

私が告白する前に聞こえてきたその言葉に、私の頭の中はまっ白になって、告白の言葉も口にできないままで固まってしまった。

その上、廊下の角から、がやがや大人数の声が聞こえてきたもんだから、私たちは、弾かれるように体を離した。

私の頬も熱くなっていたけど、流瑠の頬もまっ赤だった。

「あっ大石いた！　いなくなったと思ったら彼女とイチャついてたのかよっ！　これから、ミーティングと言う名の打ち上げがあるって言ってただろ？」

廊下の角から現れたのは、サッカー部の先輩たち。

「桜、明日の約束……覚えてるよな？」

流瑠は先輩たちに捕まる危機を感じたみたいで、急いで私の耳元でささやいた。

流瑠の言う〝明日の約束〟イコール〝水族館デート〟のこと。

すべてのことに呆然となっていた私は、ただ、うんうんと何度も頷いて流瑠に返事をした。

「明日楽しみにしてる」

そう優しい笑顔をくれた流瑠は、そのまま先輩たちに捕まって連れていかれた。

私は流瑠が言った『好き』の意味を理解できないまま今朝を迎えている。

あの『好き』は、そういう意味の『好き』だって受け止めていいのかな？　……いやいや、幼なじみとしての『好き』かも？

抱きしめてくれたのだって、〝充電〟のつもりかもしれないよね？

こんなふうに、私は昨日からずっと混乱したままだった。

「わからないんだったら、聞けばいいじゃない」

「へ？」

お母さんの言葉が自分の世界に飛んでいっていた私の頭を現実へと引き戻す。

「あなたたちはいつでもそうしてきたじゃない。気持ちに変化が生まれたからって、そういうことまで変わっちゃうような、薄っぺらい絆じゃないでしょう？」

「う、うん！」

そう、私たちは幼なじみ。強い絆がある。

誰にも負けないふたりの絆。

「このお弁当みたいに、不器用だけど、まっすぐで一生懸命な桜で流瑠くんにぶつかれるといいわね」

「うん！」

私は、私らしく。

今までの私がそうだったように、聞きたいことを聞いて、思ったことを伝えて、流瑠をしっかり見つめよう。

今までの私も、今の私も、これからの私も。

そのまんまの私を、これからも流瑠が好きでいてくれますように。

「いってきます！」

玄関のドアを開くと、眩しすぎる空にまっ白の雲。

目の前にキラキラと光が降り注いでいるように感じて目を細める。

「桜、おはよう」

そして、大好きな人の笑顔。

眩しすぎて、胸がキュッとくすぐったくなる。

その笑顔に向かって、笑顔で駆けていく。

「流瑠、おはよう！」

もう私は自分の気持ちに正直に生きていく。

迷いはないよ。だからかな？　これからの流瑠と一緒に過ごす時間を思うとワクワクする。

好きに気づく前がそうだったように。

いやいや、違うな。前よりも、もっともっとワクワクしている。

「あれ？　桜、その荷物は？」

「これはお弁当だよ。作ってきたの」

「へぇ、楽しみ。ハンバーグは？」

「もちろん！　入ってる」

「やった、桜のタコウインナーは？」

「当たり前！　入ってる。足がうまく開かなかったけどね」

「早起きしてくれたんだ？　ありがとう、桜」

「流瑠こそ、昨日帰ってくるの遅かったんじゃない？」

「うん、まぁね。先輩が帰してくれなかった」

「じゃあ、朝起きるの辛かったんじゃないの？」

「楽しみのほうが先。だって桜との久しぶりのデートだもんな！」

そう言って、流瑠は私の頭をポンポンとした。

流瑠がデートって言った！

そのことで一気に頬が熱くなる。

「プリンパフェの時は、朝起きなかったくせに」

「あの時よりも今日のほうが楽しみ！」

照れ隠しで嫌味を言ってしまったけれど、流瑠からは笑顔が返ってきた。

気のせいかな？　昨日といい、今日といい、合宿から帰ってきてからの流瑠は、私がドキッとするような発言を次々としてくる。

ドキドキさせられっぱなしの私。

そんな私の心を知っているのかいないのか、流瑠が手を差し出してきた。

「行こっか、はい貸して」

「えっ⁉」

出された左手を見て固まってしまう。

『堂々とつないでればいい』

昨日、流瑠が言った言葉を思い出した。

そっか、手をつないでいくんだ。

自分からその手に手を乗せるのが恥ずかしくて、顔から火が出そう。

でも、つなぎたい！　心臓が激しく鼓動を打つけれど、右手で持っていたお弁当の入った保冷バッグを左手に持ち替えて、差し出された左手の上に右手を重ねた。

「「……」」

なぜか流れた数秒の沈黙。

そのあと流瑠は、ギュッと私の手を握り笑い出した。

なんで⁉　と顔を上げた私の前、流瑠の右手がスッと伸びてきて、私が持っていた保冷バッグを持ち上げた。

……えぇっ！

さっきの『はい貸して』って、まさか保冷バッグのことだったの⁉

「ご、ごめん！　間違えた！」

自分がしでかした間違いに気づき、一気に顔に熱が集中していく。

流瑠から手を離し、行き場をなくした手をギュッと握りしめて胸に押し当てた。

そして、思わずあとずさり。

「なんで離すんだよ。つなごう。ほら、手貸して」

流瑠はそう言って手を差し出しながらも、さっきからずっと笑っている。

「流瑠が、紛らわしい言い方するから……」

恥ずかしさのあまり、思いっきり流瑠のせいにして、両手をうしろに回して隠した。

「うん、うん。俺のせいだな。わかったから、ほら、手」

「やだ、もう絶対つながない。だって流瑠、笑いすぎだもん！」

ムキになって頬を膨らませた。

「べつに勘違いに笑ってるわけじゃないよ。照れ隠しで怒る桜の顔がかわいかったんだよ。それに、うれしかったんだよ。やっと桜らしく返してくれるようになったなぁと思って」

「え？」

「ここ最近、こういう俺らしいやり取りもなかっただろ？　やっぱ素直な桜を見てるとホッとする」

流瑠の言葉で胸がじんわり熱を持つ。

観念して右手をそっと差し出すと、流瑠はギュッと握ってくれた。

私も、握られた手に応えるようにギュッと握り返す。

ふたりでニコッと笑い合った。

「行こっか？」

「うん！」

流瑠を好きになって、どうしていいかわからなくなって、気持ちを隠すことで今までの関係を守ろうとした私。

最近、〝作り物の私〟で流瑠に接していたことに気がついた。流瑠はそんな私を見ることを、さびしく感じていたんだね。

今さらながら気づかされた。

『流瑠を傷つけない』とかカッコいいことを言いながら、流瑠を傷つけてしまっていたんだなぁ。

結局、私が守っていたのは〝傷つきたくない〟という弱い自分の心だったのかもしれない。

ごめんね、流瑠、大切なことを見失っていて。

ありがとう、流瑠、私をいつも大切にしてくれて。

私、もう迷ったりしないよ。

私の想いを大切に、流瑠にまっすぐ飛び込んでいく。

それが一番私らしい。


夏休みの水族館は平日でも結構混んでいた。

「あ、桜に似てるやつの群れがいた！」

「イワシ!?　まだそんなこと言ってる！　なんかもっとかわいいのにしてよね」

私たちはずっと手をつないだままで館内を回った。

最初は緊張していたのに、そのうち、手をつないでいることすら忘れてしまうほど、それは自然なことになっていた。

「んー？　じゃあ、これ！　これも桜っぽい！」

「何これ？　ミジンコ？」

「ミジンコじゃねぇよ……クリオネだよ。翼があるみたいだから『流氷の天使』って言われてるんだって」

「『天使』？　気に入った！　小さくてかわいいところが私にそっくりってことで」

「自分で言うなよ」

「いいんだよ。自分で言わなきゃ誰が言ってくれるのよ？」

「俺が言うだろ？」

ふたりで感動の声を上げたり。冗談を言い合ったり。笑い合ったり。

楽しくて幸せな時間を一緒に過ごす。

時間がゆっくりすぎればいいな、なんて思ったりした。

「なんで、昨日から心臓に悪いことばっかり言うかなぁ」

「……『かわいい』は、前にも言ったことあるだろ？」

「そ、そうだけど。まぁ、あの時もびっくりしたよ……」

「上坂に言われた時は、うれしそうに自慢してたくせに」

「え⁉　何それ？　うれしそうになんかしてないし、自慢なんかもしてないもん」

「してた！」

「ちょっ！　なんで、怒ってんの？」

「怒ってねぇよ」

「怒ってるじゃない」

不機嫌そうな顔をするから焦ってしまう。

「……鈍いなぁ、あーもう！　嫉妬だよ！　悪いかよ？」

「えぇぇぇぇっ！」

「なんでのけぞるほどびっくりしてんだよ」

どうしようもなくドキドキさせられる瞬間がいっぱいあった。


お弁当を食べて、お土産屋さんを回って、館内のカフェでアイスクリームを食べ終わったあと、カフェ内の時計を見ればいい時間になっていた。

よし！　と気合を入れてイスから勢いよく立ち上がった私を、流瑠がびっくりした顔で見上げる。

「どうした？」

「流瑠、私ね、今から行きたいとこあるんだ」

「いいけど、急がないと閉館の時間になるよ。どこ？」

「イルカのところ」

「え？　イルカショーはもう終わってると思うけど？」

「ううん。イルカショーじゃないの。ショーを終えたイルカたちが帰っていく水槽があるんだって。その水槽の下がガラス張りになっていてイルカたちが泳ぐ様子が見られるらしいの」

「へーそんなところあったんだ。パンフレットとかには書いてなかったな？」

「うん。ショーが終わった時間からの公開だから、あんまり知られてないんだって」

「桜は誰に聞いたの？」

「藍ちゃんが教えてくれた」

どうかどうか神様、私に勇気をください。

流瑠に、私の気持ちを伝えたい。

流瑠の気持ちも教えてほしい。

「あっ、あった！　流瑠ここが入り口みたい」

「キレイな建物だな。まだできたばっかり？　地下に入っていくんだ？」

「うん、ド、ドキドキしてきた……」

流瑠に告白をしたくてここに来た。

「そんなに水中のイルカを見るのに緊張する？」

「ううん、そうじゃなくって……」

館内に入ると、目の前は一面ガラス張りの水槽。

水面から差し込む夕日のオレンジ色が、水中にもキラキラ届いていて、水槽全体が優しい光に包まれている。

何匹ものイルカが自由に泳ぐ、その光景の美しさに私たちは釘づけになった。

「すごいな」

「うん、なんかちょっと感動」

「今回ばかりは姉貴に感謝だな」

「ホントだね」

「でも、本当にここの存在みんな知らないんだな？」

「うん、誰もいないね」

じつは藍ちゃんが教えてくれたのはこの場所のことだけじゃない。

『桜ちゃん、いいこと教えてあげる。〝バブルリング〟を好きな人とふたりで見たら、両想いになれるんだよ！　流瑠と一緒に見ておいで！』

流瑠には言っていないけれど、藍ちゃんはこんなジンクスを教えてくれていた。

「ねぇ、流瑠。バブルリングって知ってる？」

「うん、知ってるよ。リング状の空気の輪を水中で吐き出すってやつだろ？」

「うん。それ見たかったんだ」

「へー、ここのイルカってバブルリング吐き出せるんだ？」

興味深げに水槽の中を眺めている流瑠の横顔を見上げる。

「できるイルカは少ないらしいよ。本当に運がいい人しか見られないって藍ちゃんが言ってた」

「そっか、でも見たいな」

「うん、見られたらいいな……ううん、やっぱり、どうしても見たい。うん、絶対見たい！」

イルカを見つめたままそう言った私。

流瑠が優しくほほえみかけてくれたのを横目に感じた。

心臓が激しく鼓動を打ち始める。

流瑠の指が私の指の間に滑り込んで、重ねるようにつないでいた私たちの手が、指を絡めるようにつなぎ直された。その時……。

「うわぁぁ！」

「よかったな、桜。見られたな、バブルリング」

大好きなその笑顔で私を見るから、私の頬が緩む。

あぁ、もう。どうしようもなく流瑠のことが好き。

その瞳と視線が絡んだ。

今なら言える……。

「桜、好きだよ」

「流瑠、好き」

「「あ……」」

顔を見合わせて、お互い目を見開く。

今、同時に言った。

〝好き〟が重なった。

「うれしい……ありがとう桜」

そう言って流瑠が私を抱きしめる。

今、やっとやっとわかった。感じ合えた。

流瑠の好きと、私の好きは一緒だということを。

「流瑠……」

流瑠を呼ぶ声が、うれしくて震えて、涙がこぼれてきた。

それに気づいた流瑠が、私の背中に回した腕を強める。

流瑠も少し震えている？

私もその背中に手を回して、ギュッと抱きしめた。

「昨日の告白じゃ、桜には俺の気持ち半分も伝わってないんじゃないかって、打ち上げ中もずっと気になってた」

桜は鈍感だからと流瑠が笑う。

「桜のこと、ずっとずっと好きだった」

「ずっと？」

「うん、桜のことが本当に大切だから、今まで簡単に想いを言葉にはできなかった」

私がどんなに『大好き』と言っても、流瑠が今まで返してくれることはなかった。

その理由に、私の胸はどうしようもなく熱くなっていく。

「これまでも、これからも、俺は桜のことをずっと好き。だからそばにいさせて。桜は俺のそばにいて」

恋することも、恋の痛みも、そして、こんな熱くなる胸も、流瑠はいつだって私に初めての感情を教えてくれる。

きっとこれからも、そうなんだと思うの。

「うん……これからもずっと、誰よりも一番近くにいたい。いてほしい」

「桜」

「ありがとう、いつも、いつも、私を大切にしてくれて」

私の言葉を聞いた流瑠が、抱きしめていた腕を少し緩めた。

重なり合う視線。

〝自分の好きな人が、自分のことを好きになってくれる〟

奇跡だと思っていたことが現実になって、愛しくて、幸せすぎて、その目から目が離せない。

私の頬に伝う涙を流瑠の指が拭ってくれる。それがちょっぴり恥ずかしくて、頬が熱くなる。

「好きだよ」

そう優しくささやいた流瑠は、その唇を私の唇に、そっと重ねた。

キス。

与えられたその熱に、心臓が止まるかと思った。

心の中に、すごい勢いで温かいものが注ぎ込まれる。

〝充電〟よりももっと、もっと。

どんどんどんどん、心が満たされていく。

好きな人とするキスはこんなにも幸せなものだったんだね。

またひとつ、流瑠が、私に初めてをくれた。

唇が離れた瞬間、息をするのも忘れていた私は、カクカクっと膝の力を失った。

「わっ、桜！」

とっさに流瑠が私を支えてくれたからへたり込まずに済んだけれど。

こんな時に私、カッコ悪い。子どもっぽい反応でカッコ悪い。

近くにあったベンチに流瑠が座らせてくれた。

目の前の水槽では、イルカたちが何事もなかったかのように楽しそうに泳いでいる。

「桜、大丈夫？　落ちついた？」

優しい声が聞こえてくる。

「うん……」

ベンチの前に、しゃがんだ姿勢で私を見ている流瑠。

でも私はうつむいたままで流瑠の顔を見ることができないでいた。

「桜？」

目を合わさない私を心配したのか、流瑠が顔を覗き込んでくる。

「なぁ、桜。キスしたこと怒ってんの？」

流瑠が突拍子もないことを言い出すから、思わず顔を跳ね上げた。

ジッと私を見つめて、質問の答えを待っている流瑠。

「違うよ！　うれしかったんだよ！　すごく、すっごく！」

恥ずかしいけれど、そんな悲しい勘違いはされたくない！　そう思ったら、自分でもびっくりするくらい大きな声を出していた。

流瑠は一瞬、目を丸くしてから笑った。

「よかった」

口角を上げた唇に、さっきのキスを思い出して、すでに熱い頬がもっともっと熱を持ってしまう。

「流瑠だけ、どうしてそんなに余裕なの？　私なんてドキドキしすぎて腰まで抜けちゃったのに。カッコ悪いし、恥ずかしいから、流瑠の顔が見られなかったよ……」

両手で顔を覆った私の頭を、流瑠は優しくなでてくれる。その手はとても心地よい。

「俺だってドキドキしたよ。今だってまだドキドキしてる」

「え、ウソ？」

予想外の言葉。そういえば、流瑠の頬もまだ赤い。

私がジッと見つめすぎたのか、今度は流瑠が腕で自分の顔を隠して、私から目線を逸らせた。

「だって当然だろ？　ずっと前からどうしようもなく好きだった子と、やっと想いが通じ合って、キスできたんだから」

流瑠が、ものすごくうれしいことを言ってくれている。

「私、全然気づいてなかった……『ずっと前から』って？」

首をかしげた私に、流瑠が衝撃の事実を教えてくれた。

「中一の時に大ゲンカしたの覚えてる？　俺が桜に冷たく当たって泣かせただろ？」

「うん、覚えてる」

『桜！　いったいいつまで俺につきまとうつもりなんだよ！　本気でうっとうしいんだよ、お前！』って言われてしまった日。

忘れるわけがない。私たち史上、一番の大ゲンカをした日。

「あの日が自分の気持ちに気づいた日」

「えぇっ⁉」

うっとうしいと言われ、嫌われたと思っていたあの日が⁉

「思春期ってやつだったから、素直になれなくて桜を泣かせたことを後悔してるよ。今さらながら、ごめんな」

私は首を横に振った。

よかった、真実が聞けて。胸の中にあったモヤモヤがひとつ晴れた。

私には、あと、もうひとつ知りたいことがある。

「私が立ち聞きしちゃった雪見さんと流瑠の会話。私は『桜はただの幼なじみ』までしか聞いていないの」

「やっぱり途中までしか聞いてなかったんだ？」

「うん……」

もうわかる。

きっと流瑠はあのあと、雪見さんに私のことが好きだって伝えてくれたんだと思うけれど、どうして一度ウソを言ったのか知りたい。

「あの日、流瑠はどうして雪見さんにウソを言ったの？」

その理由はまだわからないから。

「あれは、桜を文化祭の時のような目にもう二度と遭わせたくないから、とっさについたウソだった」

「え……」

「でもすぐに、こんなの間違ってるって気づいたんだ。あんなウソ言ってて気分悪くなったし。だから、あのあとすぐ桜への本当の気持ちを口にしてたよ」

私のため？　だったんだ？

優しい真実に、またじわっと涙が込み上げてくる。

「もうあんな思いさせない。これからは俺が守るから」

そう言って流瑠が私の手を握る。

胸がギュッとなって、愛おしさが込み上げてくる。

『俺が守る』

流瑠は今まで口にこそ出さなかったけれど、いつだってそうしてくれていた。

いつだって私を大切に守ってくれていた。

「じゃあ、私たちはあの日、勘違いしてすれ違ったの？」

ベッドの上で言い合いをした日、流瑠も私も、自分はふられたんだって勘違いしていたんだ。

「うん、だな」

顔を見合わせて、思わず笑った。

あれ、でも、そういえば……。

「流瑠はいつからそのことに気づいてたの？」

「合宿中、不意に桜が言った言葉を思い出して、その言葉に矛盾を感じたんだ。桜、言っただろ？『キスは好きな人にするものでしょ？　幼なじみの私にするものじゃないよ』って」

「あ……」

「この言葉で、桜は、俺が桜を好きなことをわかっていないって気づけた」

そっか、だから流瑠は、合宿から帰ってきてから、手をつないだり、抱きしめてきたりと強引だったんだ？

すべて、つながった。

「よかった。気づけて……あの日の俺は、あいつのせいで冷静じゃなかったから」

「え？　あいつ？」

首をかしげた私を見て、流瑠が少し眉根を寄せる。

「上坂だよ！　俺はあの日、桜が上坂を好きになったんだって思ったんだよ」

「えっ!?　ま、まさかだよ！」

焦ってそう言った私を見て、流瑠は長いため息をつく。

「……まさかじゃねぇよ。あの状況じゃ、そう思うだろ？　あいつとはやたらと仲いいし……」

すねたようなその言い方に心が温まる。

「冷静でいられなくなるほどヤキモチを焼いてくれたんだ？」

「……そうだよ！　俺、上坂にカッコ悪いほど嫉妬してた」

流瑠が不機嫌そうに、でもはっきりとそう言った。

私は、雪見さんに嫉妬をする自分が汚く感じて嫌いだった。

そんな自分を流瑠には見せたくなかった。

でも、今、流瑠のヤキモチをうれしいとしか感じない。

だってそれだけ私のことを好きってことでしょ？

「上坂くんに宣戦布告してくれたって聞いたよ？　ねぇ、なんて言ってくれたの？」

流瑠の眉間のシワが深くなる。

言いたくなさそうな顔にしか見えないのに、流瑠はしぶしぶながら教えてくれた。

「あいつあの日、『相澤さんはきっと僕のことが好きだよ。どうするの？　大石くん』とか言って挑発してきやがったんだよ」

「えぇっ!?」

か、上坂くん……堂々とそんなウソを……。

「だからムカついて、『桜は俺のものだ！』って言った……」

その言葉が、私をどうしようもなく幸せな気持ちにしてくれる。

「わっ！」

込み上げてくる気持ちを止められなくて、私は目の前にしゃがんでいる流瑠に飛びつくように抱きついた。不安定な格好で座っていた流瑠はしりもちをつきながらも、私を抱き止めてくれる。

「うん、私は流瑠のものだよ！　大好き！」

至近距離で見たその顔は少し赤くて、うれしそうにほほえんでいた。

「うん俺も、どうしようもないくらい桜のこと好きだよ」

その言葉にほほえむと、ゆっくりと流瑠の顔が私に近づいて……。

「ちょ、ちょっと、流瑠っ！　何しようとしてるの？」

「キス」

至近距離まで顔と顔を近づけた状態で即答する流瑠に、私の動揺はＭＡＸを超えていく。

心臓は乱れ打ち状態。不整脈どころじゃない！

「む、む、無理だよ？」

「何が？」

「また腰が抜けるもん。帰れなくなったら困るでしょ？」

「もう、しょうがねぇな。わかったよ……あっ、桜！　バブルリング！」

「えっ！　どこ？」

「隙あり！」

「んっ⁉」

流瑠がくれるキスは、やっぱり甘くて優しくて……私は簡単に溶けてしまいそうになる。

「だから、無理だって言ったのに……」

またもや簡単に腰が砕けた私は、へたり込んだまま立ち上がれない。

「あんな顔して、大好きとか言う桜が悪い」

悪びれることもなく流瑠が言う。

「ん？『あんな顔』ってどんな顔？　……あっ、思い出した。また『マヌケな顔』とか言うんでしょ？」

「キスしたくなる顔だよ」

「えぇっ⁉」

私たちのことを見守って応援してくれた、友達がいて、家族がいて。

私たちが幸せになるために、傷つけた人たちもいて。

自分たちの想いだけじゃなく、みんなに背中を押されて、みんなに勇気をもらって、今の私たちがいる。

ありがとう。

私はこの手をもう離さないから。

見合わせる笑顔は私の宝物。

今までも、今も、これからも。

ずっとずっと君と一緒に……。

END

あとがき

〝踏み出した勇気は、必ず未来の自分を輝かせる力となると思う〟

「幼なじみじゃイヤなんだ。」は、そんな思いを胸に執筆した作品です。

読み終わったあとに、人を好きになるっていいな……と思って頂けているとうれしいです。

こんにちは、わたあめ。です。

桜と流瑠の物語を、最後まで読んで下さってありがとうございます。

じれじれ、ドキドキ、キュンキュン、してもらえているといいなぁ、とか思いながら、今、このあとがきを書いています。

じつは本作は、「ずっと君と」というタイトルで、私が初めて書いた小説なんです。

書き始める前は、本当に私が書けるのかな?と不安でいっぱいでした。

書き始めた頃は、まだ読者の方もいなくて、好き勝手に物語を綴《つづ》って楽しんでいました。そうこうしているうちに、読者の方が一人、また一人と増えて、初めて感想を頂けた時には飛び上がるほど喜んだのを覚えております。この頃から、独りよがりな文章ではなく、楽しんで読んで頂くためにはどうすればいいかな?と毎日考えながら執筆をするようになった気がします。

以降、いくつも物語を執筆してきましたが、初めてのこの作品は、書いていた時のことも、物語のどのシーンも、鮮明に記憶に残っている思い出深い作品です。

そんな「ずっと君と」をタイトル改め再文庫化という形で新たに息を吹き込んで頂けたことを、とてもうれしく思います。

そして今回、もうひとつうれしいことがありました。なんと、桜と流瑠たちをイラストにして頂けたのです。自分の生み出したキャラたちをイラストにしてもらうのは、私の長年の夢でした。

かわいすぎるキャラたちを初めて見た時、うれしすぎて倒れそうになりました。またひとつ、宝物が増えたことをうれしく思います。

最後になりましたが、この本を手に取って下さった皆様、本当にありがとうございました。

二〇一八年五月二十五日　わたあめ。

この物語はフィクションです。実在の人物、団体等とは一切関係がありません。

わたあめ。先生への
ファンレター宛先
〒104-0031　東京都中央区京橋1-3-1　八重洲口大栄ビル7F
スターツ出版（株）　書籍編集部気付　わたあめ。先生

幼なじみじゃイヤなんだ。

2018年5月25日　初版第1刷発行

著　者　わたあめ。

発行人　松島滋
イラスト　優木わかな
デザイン　齋藤知恵子
DTP　朝日メディアインターナショナル株式会社
編集　相川有希子　酒井久美子
発行所　スターツ出版株式会社
〒104-0031
東京都中央区京橋1-3-1 八重洲口大栄ビル7F
TEL 販売部03-6202-0386（ご注文等に関するお問い合わせ）
https://starts-pub.jp/

印刷所　共同印刷株式会社
Printed in Japan

ISBN　978-4-8137-0464-5　C0193